光文社文庫

女の絶望

伊藤比呂美

KOBUNSHA

光文社

出囃子　カルメン前奏曲

目次

卯月《うづき》――ふうふのせつくす 9
皐月《さつき》――おんなのぜつぼう 31
水無月《みなづき》――子ゆえのやみ 51
文月《ふみづき》――みをこがす 75
葉月《はづき》――へいけいのこころえ 97
長月《ながつき》――ちうねんきき 121

神無月《かんなづき》――みんなのしつと 139

霜月《しもつき》――りこんのくるしみ 161

師走《しわす》――これから 183

睦月《むつき》――おおきくなつたら 205

如月《きさらぎ》――えろきもの 227

弥生《やよい》――さいごはかいご 253

あとがき 276

解説　金原瑞人《かねはらみずひと》 278

登場人物紹介

伊藤しろみ　詩人兼身の上相談回答者。五十代前半の海千山千。座右の銘は「あとは野となれ山となれ」

夫　年齢職業ともに不詳。人生に紆余曲折あり、中年以降に伊藤と一緒になったらしく思われる。座右の銘は「長いものには巻かれろ」

記者さん　伊藤の身の上相談担当の某紙文化部記者。四十になったばかり。甘党。カラオケでの愛唱歌は甲斐バンド「HERO（ヒーローになる時、それは今）」

大家さん　六十代後半。離婚経験あり。海外旅行好き。昔はかなりモテた。好きなことばは「自分で選んで歩き出した道ですもの」（『女の一生』by森本薫）

横町の兄さん　五十代後半。横町に居住。伊藤の相談にちょくちょくのっている。お風呂で口ずさむ愛唱歌はCSN&Y「Teach Your Children」

バレリーさん　メールの受信を知らせる声。三十代後半っぽい。その後メールソフトを替えたので聞かれなくなった。

かーくん　カラスの子。七羽きょうだいの一羽。きょうだいの中では無鉄砲でせっかちなほう。

藪井先生兄　五十代後半。近所の皮膚科医。愛妻家。愛読書は『SLAM DUNK』（井上雄彦著）

藪井先生弟　五十代前半。近所の内科精神科および漢方医。兄のほか、姉と妹あり。愛読書は『孔子暗黒伝』（諸星大二郎著）

ヘルパーさん　五十代前半。ベテランの百戦錬磨。好きなことばは「情けは人のためにならず」

安西光義　湘北高校バスケ部の名監督。

植木等　昭和期の歌手。ヒット曲は「スーダラ節」

正岡子規　明治期の俳人。代表句は「柿くへば鐘が鳴るなり法隆寺」

ケビン・コスナー　アメリカの俳優。代表作は『Dances with Wolves』

岡田准一　平成期の俳優。アイドルグループV6にも所属している。

西田敏行　昭和／平成期の俳優。代表作は『釣りバカ日誌』

卯月《うづき》——ふうふのせつくす

ええ。いっぱいのお運びでありがとうございます。毎度いいかげんなところでお耳をけがします。

あたくし、詩人でございます。詩人というのはですね、食えません。煮ても焼いても食えないの食えないではなく、生活が、あまり豊かじゃない、気楽に、買いたい物を買って食べたいものを食べてというふうになかなかいかないときの「食えません」。ま、これはもう、古今東西、詩人といえば貧乏詩人と相場が決まってるところからしてそうですな。

それはやっぱり、詩のことばを口でいってりゃよかったものを、字にしてね、紙に書く、書いて本にして出す、出して売る、というのを商売にしはじめたころからの話で、それ以前は、詩人なんてものはノンキなもので、あっち行っちゃ語り、こっち行っちゃ歌い、まじないしてみたりのろいをかけてみたり、そのついでに食わしてもらって、寝かしてもらって、お布施もちょいといただいて、ついでに春もひ《し》さいじゃったりしてね。ええ、当節は、そんなことはない。まことにせちがらくなっておりますよ。詩人やってまして、いいのはこの詩人ってのが、なんだか正体のわかんないとこでして。あたしの住んでる長屋でも、ああ一階の伊藤さん、あそこは詩人ですよなんていってますけど、何やってるかわかられてない。

朝ねたり、夜おきたりしてても、ああれは詩人ですよって。どっか行っちゃってしばらく帰ってこなくて郵便受けがあふれてても、ああ、あの人ァ詩人なんですよ。ゴミ出しの日を間違えても、ああ詩人ですからねって。

とても楽に生きております。

自分も楽だが、近所の人《しと》もずいぶん慣れてくれて、あたしのことに関しちゃ、だァれも、なんにも、驚きゃしません。それでまあ結婚したり離婚したり、男追い出したり、自分でおん出たりしても、近所の人は、ああ、しろみさん詩人だからッて見守ってくれてェる。

詩人じゃ食えないから、でも食いたいですから、食わなきゃしょうがありませんから、いろんなことをやってきました。

いろんなことッたってたいていのことができないから詩人やってます。できることといったら書くことですから、しょうがないから書きますね。いちばんちゃっちゃっと書けるのが、やっぱり自分の経験したこと……。子どもだって、さくぶんっていやァまず「せんせい、あのね」って自分のやったことを書きますからね。

まず、生まれてからこのかた女です。男ってものァなったことが無いン、残念ですが。で、そのいろんな経験を書く。女ですからね、愛とか恋とか、まあそれを書く。嫉妬とか未練とか涙橋とか、そういうのも書く。セックスしたらセックスのことを書く。男とセックスしたら自分が便器に思えたとか思えなかったとか、まあ、そういうことを書く。妊娠したら妊娠のことを書く、お産したらお産のこと、更年期になりゃ更年期のこと、今は親の介護やってるから介護のこと書いてますねえ、節操なんかこれッぽッちもありません。少しでも人より知ってることについて、書く。

ええ。立ってるものァ親でも使えッていいますよ。こう半径一メートル以内に近寄ってきたもので、書かないものァ無い。

子どもが生まれたら子どものこと、猫を飼ってりゃ猫のこと、犬を飼ったら犬のこと、ごはんを作って家族に食べさすから料理のこと、漫画を読むから漫画のこと、鉢植え買ってきたら園芸のこと……あかんぼの夜泣きも疳《かん》の虫も、思春期のむかつきも胃のもたれも、男のしっかけ方も夫婦円満のしけつもゴミの出し方も、なんでも持ってこいッてんで、「よろづ指南いたし〼《ます》」と看板でも掲げたいくらい。

そうするてえと、ああ伊藤さんて人は海千山千だな、なんでもよく物を知ってる人だなって読んだ人が錯覚しまして、こんだァこんなのも教《おせ》えてもらおうかなってやってきた仕事が、身の上相談。地元の某紙で、十年前にはじめたっきりまだつづいています。毎週毎週、いろんな相談が寄せられてくる。

最初のうちはなかなか相談も来なくてね、担当の記者さんが仲間内からかき集めてきたものだったりして、冗談半分でやってましたよ。「風俗にいくのをやめられません」とか「上司とそりが合いません」とか、気は楽だが真剣みが出なかった。

そのうちに、ほんとに、読者から来るようになった。

「ねぼけると嘘をつく」とか「片づけができない」とか「南の島で暮らしたい」とか。まだ緊張感のないものがほとんどで、行き当たりばったりに、嘘どめのおまじないを指南したり、片づけの方法を指南したり、南の島で暮らすコツを指南したりしてるうちに、すこゥしずつ、まじめに悩んでる人からも、来るようになった。

「彼女とセックスしたい」とか「できない」とかね。

それでこんどは、セックスのやりかたを指南したりね。

相談は十九歳の男の子で、早漏だって悩んでた。あたしは男になったことないから早漏で悩んだこともないんですが、いっぺん悩んでみたいと思ってる悩みのしとつなんですが、まあそれでも、そのへんのことは、女として、五十年も生きてきたらもう常識のうちですな。

まず十九なんだから早漏であたりまえだっていうことォいってやって、女としちゃ挿入の前と後に思いっきりいちゃいちゃされておれば、多少早漏烟雨中《たしょうのそうろうえんむのうち》と教えてやって、その上まだ若いんだから、早々と漏らしたあとでもペニスを抜かずにいちゃいちゃしておればまた勃起することもあろうと。

ねえ？　こんな具体的な身の上相談ァ他にないねッ。

セックス上手の男なんてものァちょいと努力すればすぐなれる。それを、たいていの人は努力しないからなれない。

因果なはなしでございます。

どうすりゃいいかというと、そもそもセックスとは、ふたりでやってふたりでいい気持ちになるもんだ。そこをぐっとこらえて、女だけいい気持ちにさせようと思って、男がしとりでがんばる。はい。それだけ。

そんなのずるいやって男のかたはいうでしょう。当然だ、あたしもそう思います。だけどそれがセックスの真実なんで。

おあいにくさまです。

そのかわり女てのは、男ほど、男の容姿もペニスの大きさも気にかけてないもんだし、男が思うほど、セックスは重要じゃない、できりゃできたでうれしがるが、できなきゃできないで、丹念にいちゃいちゃしてやりゃ満足する、素直で善良で単純な生き物なんだから、もっと胸張っておいでなさいって元気づけてやった。

そしたらつづいて二十歳の女の子から、「出会い系でいろんな男とエッチしてるうちにとうとう本気で好きな人ができた、告白したいが勇気がない、今までのことを知られると思うと怖くてたまらない」という相談が来た。

これは切なかった。

エッチというからよけいに切ない。エッチとは、ヘンタイの頭文字だってきいたことありますよ。ただのセックスをきちんとやってるのに、後ろ指さされてるような気がして、じゃナニかい、ほんとのヘンタイはどうすりゃいいんだいと凄んじゃいたくなりますけども。

「若い人っていうのは自爆みたいなセックスをします」とあたしは書いた。

「性欲というより、『アタシはココに生きている』というのを確かめるために、あなたは次々にセックスしてきたんですね、一所懸命傷つきながら、そういう時期を生き抜いてきたんだ、今はもうやってないんだから、それでいいんだ」と。

あたしにも身に覚えがあった。セックスしてんだかげろ吐いてるんだかわかんないセックス、手首切ったりヤケ酒あおったりするかわりに、ま、ペニスを中に入れとこうかっていうセックス。快感なんかあるようでなくって、ないかと思うとあるんですね。だからまたやめられなくなっちゃう。

切ないねえ、こういう「ココでこんなコトしてるのはアタシに相違ありません」ってハンコ捺《お》すかわりにおまんこ開いてる若い女の子。五十になれば、そんなハンコ捺さなくたってセックスできるんです、そのときにゃもう白髪は生えてるしシワは寄ってるし、ちょっとやそっとじゃ男が寄りつかないようになっちゃってるんだけどもね、楽なんだ、これがまた。まだ間がありますよ、それまでいっぱい泣くんだろうなと思うとね。

かわいそうだけどね、がんばんなさいよ、いつか五十になれるから、と陰でそっといってやりたかった。

さて、だんだん、だんだん、来るようになってきましたよ。

「学校で人とうまくつきあえません」とか「職場で人とうまくつきあえません」とか。いろんな人がいろんなことを書いてくるんだけど、つきつめると「あたしはだれでしょう」だ。しとつそういうのが来ると、同じ問題抱えた人がわれもわれもと書いてくるから、同じような相談ばっかりになっちゃって、なんだな、今の日本じゃ、ほとんどの若い人が自分に自信がなくて、二人にしとりは、自分が誰だったか忘れちゃって、三人に二人は、人とうまくつきあえないんだなという感想を持った。

そう思って若い人たちを見ると、驚くなかれ、見た目もみんなそんなふうだ。

日本の若い人っていうのを意識してみるのが、海外の空港です。ロスとか、ロンドンとか。荷物の出てくる回転台の前に、同じ飛行機でやって来た若い人が、あすこにしとり、ここにふたりと立ってェる。疲れてぼーっとしてるから、本性があらわれる。うしろでこんなおばさんが観察していようなんて思ってもないからね。若い女の子は、こう、背骨がなくなっちゃったみたいな、イカやタコがきょーつけしてるみたいな立ち方してます。男の子は、なんだか尻子玉を取られちゃったような顔してます。

いえ、これァただの偏見、こんなことは、いいたくてもいっちゃいけないんですよ、ほんとはね。

あたしゃしばらくの間、若い人に向かって、自分らしく、自分らしくって、いつもいってたような気がする。あたしはあたしよって、それぱっかりいってたような気がする。いや若くなくたって四十代でもそういう相談してくる人は何人もいたんです。あたしだってわかんないことはいっぱいあるんだけれども、あたしはあたしよって点に関してだけは、昔ッからそれでやってますから、とっくに免許皆伝だァ。

そのうちこんな相談が来た。それが、あたしの人生を変えた相談だったかなあと思うことがある。今でも思い出す。

きれいな楷書体で、四角四面の便箋で、「いつも楽しく拝見しております」とお愛想からきちんとはじめて、「今まで人に話せなかった悩みをしろみさんにうちあけようと思いました」とあった。

お見合いで知り合った五歳年上の夫が、同性愛者だったそうで。知ったときにはもう妊娠していて、子供が生まれたらなおってくれるだろうと思って我慢していたけど、なおンなかった。それからずっと我慢してきたんだけども、子供が大きくなって家を出たら大っぴらにやるようになって、家に男を連れ込むようになったと。知り合ったばっかりの男を連れ込んで、二階でやってるのをこの奥さんは「耳をふさいで耐えております」と。

離婚すればいいのになんで我慢してるかなァと思って年をみたら、なんと七十歳。七十歳。

いくつで結婚したかは書いてなかったけれども、子供産むんだからたぶん二十代か三十代、それから四十年はゆうに耐えてきたんだなと思うと、長い、長い、長い、その時間が。

夜ッてのは、毎晩やって来ます。

そりゃもう三十年経ったって四十年経ったってその点は変わらない。つまりこの奥さんのしとりぼっちの四十年も、毎晩、毎晩、夜が来た。

それを考えちゃった。もうなんにも答えられなかった。それまではお遊びだった。ただの気楽な読み物を書いてたってのを知った。今までつらかったでしょう、よくうちあけてくださいましたね、と書きはじめても、次のことばが出てこなかった。面白おかしいことも気の利いたこともいえなかったし、下世話なことといって笑わすのもできなかった。なんにもしてあげられなかった。徒手空拳で非力であった。なんにもできなかった。人の生きるってことは闇なんだな、闇ってのは夜みたいなもんで、夜は毎晩来るんだなって、そう思った。

どう回答したか忘れました。でもなんか書いた。書いたときは、その女の人に、少しでも、読みましたよ、いっときですけどその重みをたしかにいっしょに持ちましたよっていう気持ちが伝わったらいいなと、そ思って書いた。あとはこの人が、夫を恨むだけじゃない人生を少しでも持てればいいなとねがうしかなかった。

相談してくれた人、今どうしてるだろう。もう八十くらいにはなってると思う。どうしてるだろう。

それからしばらくして、こんなのがやってきた。

「しろみさん、聞いてください。もう三年も夫とセックスしてません。私から誘うと、夫が、そんな不潔なことをというのです。夫婦だからというと、ごはんを食べて会話して生活費を分担していればいいじゃないかと言うのです。そんな馬鹿な話がありますか」

四十代前半の女で、紙いっぱいに書きなぐりの字で、FAXで、怒りが噴きあげてるのが見えた。文章から、筆跡から、これでもかこれでもかと。これまでいっしょに暮らした六年間で三回セックスしたと書いてあった。数えてたってのがすごいなと思ったけれども、六年間で八百四十八回とか数えてるわけじゃない、六年間で三回、六わる三は二で、六ひく三は三だ、これならどんなに数字に弱くっても数えられる。そして忘れない。

「私に魅力がないせいか、よそに女がいるのか、EDか、さんざん悩みました。聞いても答えてくれません。そしたら今になって、そんな不潔なことはしたくないと夫はいいます。夫の真意がわかりません。どうしたらいいでしょう」

桃栗三年柿八年。

それで家庭はてえと、暴力と借金の問題があるときァ三年持ちません。家庭てところは、とりあえず人が、安全に、安穏に暮らせるところじゃないといけないんだから。夫にのべつ殴られたり夫が借金してきたりしてえと、妻はもうさっさとおん出た方がいい。ところが浮気とセックスの相性の悪さは、片方がうんと苦しむけど、ずるずる引き延ばせる問題だから、我慢してるうちに八年くらい経っちゃうね。ながァい目で見りゃだァれも我慢できません。八ひく六は二ですけどね、あと二年も我慢しちゃいけないんだと思います。

別れなさいっていいたかった、でもね、離婚したいとはしとっことも書いてなかった。

まだなんとかなるとこの人は思ってたんだ。気の毒だけど、やっぱり自分で苦しんで、ああもうダメだなァ別れなきゃ生きていけないなァって納得しなくちゃ別れられない。

「話し合いましょう」ってあたしは書いた。それしか書けなかった。またもや非力でありました。

そしたら一週おいて二つ同じような相談が来たんです。

最初のはまだ若くって、三十代の女から、これはたんたんと書いてあった。スヌーピ

ーの便箋だった。

「三年前夫が『不能だからもうセックスはしない』といいました。それ以来夫婦生活は

ありません」

この人は不満がつのって知り合いの若い男とセックスしちゃった、そしたらそれがだ

んなにばれて、もう家庭はぐちゃぐちゃだ。

「原因はわたしだけじゃなく夫にもあると思うんです」

原因はあなただけじゃなくて夫にもありますよ、それはもう絶対、とあたしは書いた。

不能なら不能でいいから、もっと相手の気持ちを考えてやらないか、なんでもっといち

ゃいちゃしてやらないかとあたしゃほんとに歯がゆかった。

「ＥＤ、俗にいう勃起障害は、今いい薬がいろいろと出回っていて、じっさいとっても

よく効きます。あっ立たないと思ったら、すぐ医者に駆け込むくらいの良識と勇気がほしいです。セックスをバカにしちゃいけません。家庭をきちんと維持するためにはすごーく大切なことなんです」とあたしは書いた。

どういうわけか同じような相談ってのはつづくものでね、というのも新聞に載る、読む、あっあたしと同じだと思って書いてくる、悩んでるのはあたしだけじゃなかったと知って、自分も書いてみようって気になる、だからつづいちゃう。そのときも、次の週にまたこんなのが来た。


これは四十代の男からで、メールで来たから筆跡はわからない、「妻がセックスをいやがります」っていきなり書き出すからこっちァどぎまぎした。妻とは生活全般気が合うんだけれども、セックスが嫌いで困る、と。

「僕も妻の意思は尊重しようと思い、我慢してきましたが、やはり我慢できないときもあります。まるで性に飢えた狼みたいに性交渉をせがみ、拒否され、あるいはいやいや相手をしてもらい、みじめな気持ちでセックスをしてきました。とうてい僕の満足できる回数ではありません。浮気をみつかるとこっぴどく叱られます。理不尽です。この先どうしたらいいと思われますか」

どうしようもないですね、とあたしは書いた。

「いやなものはいやなのです。やりたいものはやりたいのです。その二つが相容れることは無いとあたしは思います。俗にいう『相性』が悪いのです。こんな奥さんでも、相手が変わればセックス好きになるかもしれません。ならないかもしれません。セックスしないで生きていかれる人もいます。いかれない人もいます。たぶんあなたは後者です。セックスがしたければ、いずれは別れることを考えないといけないと思います。もちろん性欲が、ほかの方法で処理されるものなら話は別です。奥さんと一生いられます」

あんまりセックスの悩みがつづいて、「こりゃ伊藤さん、身の上相談じゃなくてセックス相談みたいになっちゃって健全な地方紙としてはまずいですよ、デスクもそいってますよ」って担当の記者さんがいってたが、「いや僕は内心喜んで読んでるんですけど」ともいってたが、しかたがない、来るものは拒まずってえ主義なンで、昔ッから、男でも客でもおあしでも。ええ。

セックスのことなら得意です。なにしろ若いころからセックスのことばっかりうんざりするほど書いてきた。まず書いたのが、セックスだった。

平等主義なんで、セックスだけ特別扱いするってのァあたしゃ好かない。

こう、手があって足がありますね。足のつけ根のほうにさかのぼっていきますてえと、そこに性器がいろいろとある。

あなたがたもね、手や足のことなら平気で書くでしょ。水に浸けたらしんやりしたとか、怪我したら切れて血が出て痛かったとか。

ところがどういうわけか人間ってやつァセックスする部分のことをなかなかまっ正直に書かない。汚いとか、恥ずかしいとか、あっちァあっちでがんばって、ねえ、一所懸命やってるんだ、汚いもくそもあるもんか、書いてやれよとあたしゃ思うんですが、なかなか、書くどころか口にも出しゃしない。あのォあそこがとか、ナニがァとか、あたしの個人的な部分がとか。とどのつまり名前も無いなんてことになっちゃった。あたしもしかたがないから、ペニスだヴァギナだって外来語や、くぼやぼぼなんていう古語、苦し紛れにそういうことばを使ってます。イヤラシイ思いが籠もってない、手垢のついてないことばがいいから、そういうことになっちゃうン。

でも、せめてそういうことばを使ってでも、きちんと、平等に、いつも日陰に隠れてるようなペニスさんやヴァギナさんを表舞台に出してやろうじゃないか、そう考えた。

むかァし若い女だった頃、あらいつの間に年取っちゃったんだろうね、世の中ァ無常だ、ね、むなしーくなっちゃったでしょ、そうやってセックスのこと書きましたらね、若い女の子があけすけに書くってんで、オジさんたちがちやほやしてくれた。ええ。男の純情をどれだけ手玉に取ってきたかしれやしません。

ええ。

夫婦の問題は、セックスだろうがカレーの具だろうが、まず話し合うべしってのがあたしの基本の考えです、夫の胸ぐらをしっつかんででも話し合うべしって。でもじつは、そういいながら、ものすごく不毛なことといってんじゃないかってわかってた。今日話し合えない夫婦が明日話し合えるんだったら、夫婦なんてやってないと思うんですよ。話し合えないから夫婦なんだと思うんですよ。日常の生活はそういうもンだと思うんですよ。

「妻の心夫知らず」といいますし、「話し合い、したいときには妻はなし」ともいいますからねえ。ましてや「よくない」とか「たたない」とか「いかない」とか、実はペニスとかちんちんとか、そういうことといってンじゃないン、これは夫の、夫としての、男たる、ジブンてものを真っ向から攻撃してることに、してるつもりはなくても、なりかねなくッて、しとことといったらたちまち相手は再起不能、それこそほんとの、E《え》いえんに、D《だ》めになる。

ええ。やっぱり夫婦はカレーの具については話し合えても、セックスについては、よっぽどの覚悟がないと話し合えません。

夫婦ってのは植物みたいなもので、ゆっくり枯れていきます。

それはね、あたしゃ園芸に関しちゃあなた、横町のご隠居さんより凄いんです、だいぶやりましたよ、いっぱい育てて、いっぱい枯らして、それでわかった、到達した。凄い、真理に。聞きたいか。いいか耳ィかッぽじッて聞くんだ。

「だめになるものはだめになり、だめにならないものはだめにならない」

夫婦のこともそれでわかった。枯れるとなった鉢植えは、ながァい時間をかけて、ゆっくりゆっくり枯れていくんだ。夫婦も同じ、つきつめりゃ男女ですから。みなさん忘れてらっしゃるけど。枯れるのはね、悲しい、悲しいけどね、悲しいって気持ちがあるから、映画も演歌も漫画もある。人が涙の袖を絞る。そういう気持ちがぜんぜんなけりゃ絞る袖もなくなっちゃうから、こりゃあったほうがいいんじゃないか。

ときどきよそから呼ばれて、話をしにいきます。図書館や市民教育や男女参画や四面四角や、そいったお堅いとこの人たちがね、人はちっとも堅くないンで、名前が堅いだけなンで、こんだァ身の上相談の伊藤さんどうだろうってンで呼んでくれる。呼ばれたらもう、ハァイってねえ、喜んで出かけて行きますねえ。

このごろァもう講演ってより行商って心持ちで、車の後ろに本をどっさり積んでいく。お客様に説明するんですよ、あたしら本を売って生活費稼いでるんですけど、この本一冊売ったら百何十円だけもうかるんですよ、百何十円しかもうからないんですよ、こっちの文庫本は何十円、だから沢山《たくさん》買ってもらわないと食っていけないんですって、正直に説明しちゃう。それもこれも、年取ったからできることで、ありがたい、ありがたい、おばさんになって度胸がついた、昔はできなかった。若いってことはほんといろいろ面倒なもので。で、ほんとは千二百六十円のところ、今日は千二百円ポッキリだし、サインもしますからっていうと、たいていのお客様は買ってくださる。ほんとに、ほんとに、ありがたい。

蟻が鯛なら、芋虫ゃ鯨だよ。いやほんとうに。

で、大切なのはそのあとだ。話が終わった後。あたしゃずるずるとそこにいます。というのはね、そこにやってきて、あたしに話しかけたい、いや、話しかけなくちゃならない人がいる。

前世かどっかで約束でもしてあったように、そこに来て、最後まで残っていて、あたしに話しかけなくちゃならない人がいる。

本を売りながらそれを待ってェる。

それはもう経験でわかった。むかァしッから、昔は身の上相談じゃなくて、育児とかアルコール依存とか摂食障害とか、そういうことで話をしにいったけど、話し終わって呼んでくれた人たちと話してるてえと、そこで、だれかが待ってェる。待ってて、あたしに話しかけてくる、自分の抱えた、どうしようもない悩みを。人前じゃ話せないが二人ッきりになりゃ話せるッていう悩みを。あたしなんかに話したってその場かぎりで、何になるのかなといつも思うんだけど、それでも話しかけてくるから聞かなくちゃならない。

いつもいつもそうだったから、あたしが呼ばれて話しに行くのはきっとこういう人のためなんだろうと思って、待ってることにした。ただ待つのも手持ち無沙汰だから本を売ることにした。

こないだもね、あたしと同じ年くらいの人が、たくさん人が並んでるとこに辛抱強く待っててくれてね、自分の番になったときに、「しろみさん、夫婦ってなんでしょうね」ってそういって、いったかと思うと、目から大粒の涙がぽろぽろっとこぼれて。そのいいかたが、覚えてない？　あたしたち一緒の中学に通ったでしょっていうようないいかただったもんだから、あたしも、ああそうだったそうだった、クラブ活動も一緒だった、みたいないいかたで、「ちょっとそこで待っててくれる、終わったら話しましょ」と声をかけた。で、みんな帰った後、人気《ひとけ》のなくなったなんとかセンターのトイレの前の椅子に腰掛けて、その人は自分の苦をあたしにるると語った。

その前は、やっぱりずっと辛抱強く待っててくれた人がいた。あたしより若そうな、でも十歳は若くないだろうなと思えるような人、まじめにまじめにものを考えるような感じの人でしたけど、小さい声で、「セックスってほんとに大切ですね」といった。大切ですよねと答えたら、「このごろセックスがものすごくいいんです、こんなにすばらしいことがあるかと思うほど」といった。しあわせですねといったら、「しろみさん、どれだけしあわせかわかりますか」っていうから、「すごくよくわかりますよ、セックスが大切だなって思えるようになったのはあたしだってつい最近だもの」といったら、その人がにこーっと笑った、その笑顔の晴れやかなことっていったらなかったんです。本を買ってもらえたらうれしい、身の上相談いつも楽しみに読んでますよって人にいわれるのもうれしい、やっぱりこれは人間の基本で、人にほめられると、ああああたしはここに生きてるんだなって安心する。だけどなにより、ここに、またしとり、人と話をしなくちゃ居ても立ってもいられない人がいて、あたしに話しかけることで少しだけその人の苦が減ったと思うと、とてもうれしい。

こんな場所があればいいなと思ってます。

人の悩みを吸い取って飲み込める場所。

都会の端の、端の端。どこでもない場所。バスは滅多に通らないような。来ちゃったらなかなか帰れないような。路地をくねくねと入っていって。河原端。土手の前。行き止まり。そこにごちゃごちゃと長屋がある。

敷地に一歩でも足を踏み入れてごらんなさい、住人がみんな五十年来の顔見知りみたいに声をかけてくる。紹介しときます、この人たちがね、あたしがゴミ出しの日を間違えても笑って許してくれるご近所さん。入居してきたときはみんな若かったが、住んでるうちに年を取っちゃった。無常ですけども。その中の一軒です。中に入るってえとどうにも小汚い。物は置きッぱなし散らかしッぱなしで、冬は寒くて夏は暑い。草の蔓が戸の隙間から伸びてきて、地面からは湿気がしたしたしたしたとのぼってくる。やもりやむかでや蜘蛛が勝手に入りこんで住んでェる。そんなとこにあたしがいて、悩みを待ってェる。悩みのある人からは、メールが来る、郵便がやって来る、それをあたしが読んで、一緒に悩む。

皐月《さつき》――おんなのぜつぼう

ええ、いっぱいのお運びでありがとうございます。今日なぞはお天気もじつに良く、五月《さつき》晴れてのはこういうのをいうんですな。そこで一句浮かびました。

「五月晴れ根岸《ねぎし》の里の侘住まい」

で、明日になりゃ雨になって、「さみだれや根岸の里の侘住まい」

ゆうべタケノコ食べたから、「タケノコや根岸の里の侘住まい」

今晩はコロッケだから、「コロッケや根岸の里の侘住まい」

ほほ、一生やってられます。

これは子どもの頃、父親が教《おせ》えてくれまして。「根岸の里の侘住まい」をくっつけりゃなんでも俳句になっちゃうんだぞってえから、子ども心に、お父さんすごい、何でも知ってるなァって感心してたら、おとなンなって出典を知ってガッカリした。とぼけた父親でした……いえまだ生きてますけども。

ただね、あたしゃこう見えても詩人ですからね。実は「根岸」なんてえ技巧は虫が好かない。まじめに俳句を詠もうてえときは、もっとこう単刀直入に、あるがまま、見たままに、素直ォに、自分の気持ちをのべるようなのがいいと思ってェる。俳人でいったらあれだ、子規、ああいう感じだ。そこで一句。

「母の日にばらの鉢植えもらったよ」

はい?


子どもの頃といえば、植木《うえき》等《しとし》。

あの人《しと》には、さんざん、影響を受けました。子どもの頃ァ画面に出てくるのを待ちかまえて見てました。何をやってもほんとうに可笑《おか》しくってね。お呼びでない？　って気づく瞬間も。ハイそれまァでえヨ、とシャウトするところも。なんである、アイデアルなんてのも。でも、なんといってもあの歌、〽すいすいすーだららったすらすらすいすいすい。

いつも頭ン中に鳴りしびいてました。人生の局面にぶつかるッてえと思い出したもんです、〽すいすいすーだららったすらすらすいすいすい。

そうだな、それでいいんだなッて。ほんとうはよくないことのほうが多いんだが、あれで覚えちゃったもんだから、どうしても。

当時いろんなのがありました。〽あーあーあ、やんなっちゃった、ってのがあり、〽夢もチボーもない、ってのもあり、どっちも面白かったけれども、どっちもいってる当人にしんが無く、色気も無かった。子ども心にいい男だなァと思いながら見ていたのは、やっぱり植木等、その人でした。

五月晴れと五月雨《さみだれ》の行ったり来たりてえ日々。叫び声がしまして。メールが来たんです。

おっとその前にこの、叫び声を紹介しとかなきゃいけません。あたしのメールソフトはね、メールが来ると、女の、魂消《たまぎ》るような声で、「eメール!」って叫ぶんです。や、設定したのァあたしだ。他の声もしととおり聞いてみたんですよ。ちょいと聞いたぶんには好《よ》さそうな男の声だが、裏で何やってるかわかンないよというような「メールです」、あんまり取り繕いすぎてるような女の声で「メールです」、お節介そうなお婆さんの、あとちょっとで要介護てえ声で「メールですよ」、しととおり聞いてみて、共感できたのがこの女の魂消る声だ。バレリーさんってえ名前までついてるン。いやあたしがつけたんじゃなくて、メールソフトを開発した人がつけた。

バレリーさん、メールには苦労してます。男がいてね、なかなか、なかなか、メールをくれない。それは、夫じゃないンですね。夫とはとっくに離婚した。それからずっとまあ表向きァしとり暮らしだが、恋人愛人のたぐいは、二、三、四を飛んで、五人と半。今の男は、ちょいと、こう薹《とう》は立ってンだがいい男でね、薹が立ってンのはバレリーさんもおんなしことだから、ま、そこんとこはいいんだ。いい男でね、バレリーさんをちゃんと受け止めてくれる。このごろ太ったのなんていうと、いやおれはおまえのそのおおらかなのが好きなんてフォローしてくれる。いい男だ。

ところがおうおうにして、いい男ってのは女にほっとかれてない。ということでこの男にも妻子がいる。納得ずくの関係だ。妻がいるからこっちから連絡ができない。望みの綱はメールだけだ。で、この男がメール無精ときてェる。それでもんもんと、もんもんとォ、漫画読んだりつまんないものォばりばり食べたりしながら、バレリーさんは、メールを待ってェる。メールが来ると、誰からのメールでも、バレリーさんは、「eメール！」と叫ばずにはいられない……。この声で、あたしもメールを受け取ろうと、そう思った。

「独り暮らしで今まで来ました。仕事は忙しく、やりがいがあります。でも、基本的に、『寂しい』と向き合っている生活です」（五十歳）

自由業。仕事は順調。結婚はしてないが、気心の知れた恋人がいる。ところが……。

「この間セックスしている間に失禁しました。ただ、ただ、ショックでした。彼はそのままわたしをお風呂場に連れて行ってやさしく洗ってくれました。そのやさしいのが、身にしみて、心底情けなくなりました。どうしたらいいのかわからなかったのです。はじめて自分がもう若くないってことに気づいたような気がします。わたしは女としてもうだめなんでしょうか」

この人の悩みには二つのことがふくまれてェた。

しとつは、自分は老いたんじゃないかという恐怖で、もうしとつは、孤独だ。

同じ失禁でも、相手がともに暮らす夫だったり、その夫と長い時間かけて育ててるような子どもがいたりしたら、また違ったんじゃないかと、思ってるような書き方でした。

そうしてるうちにもまたバレリーさん。来たメールはこれだ。

「夫の前でガスがつい出てしまいます。こんな恥ずかしいことだれにも相談できません」

つづくときはつづくもので、失禁のあとはおならですよ。次はうんこか……てな、いや期待してたんだが、それはまだ来ない。

ええ、この人は、眠ってるときにおならがしたくなり、夢の中で、ああ誰もいないからって、大きな音をたててやっちゃった。やっちゃったと同時に目が覚めた。夫は何もいわなかったけど、気づいているに相違ない。それからどうも眠るのが怖い。気にしていたら、今度は起きているときに、夫の前で出てしまった。
「気にすればするほど、おならが出やすくなるような気がします。気のせいなのはわかっていますが、どうにもなりません」（四十八歳）

「出物腫れ物、所きらわず」とあたしはおならで悩む人に書いた。「年を取っていっぱい経験を積んでくると、もうそんなことにかまっていられません、みんな、そうなんですよ」

もう若くない。あちこちが締まりのよかった若い頃より、ずっともれやすくもなってる、我慢もできなくなっている、我慢したくもなくなっている。おならばかりか、咳をした拍子《しょうし》にぴゅっともれちゃう「尿もれ」に、「お湯もれ」なんてえのもそうですな。

「お湯もれ」は、お風呂からあがって、もうすっかり身仕舞いもしちゃったころに、しょぼりっともれてくる現象。お風呂に入って長ァく浸かってる間に、お湯が膣を逆流して中に溜まるんだそうです。尿もれも、お湯もれも、若い人ァなりません。子ども産んで、膣のゆるくなった、あたしたちみたいな女がなる。

対策はないわけじゃない。ケーゲル体操という、膣の筋肉を締める運動をすれば、筋肉は強くなり、出るものはとめられる。おしっこを一気に出さずに、とめて、ちょろり、

とめて、ちょろり、そのときに使う筋肉が、ケーゲル筋。

……読者のみなさん。エロい話を期待してお読みになってらっしゃるんならおあいにくさまです。

女だってね、出るものァ出る、臭いものァ臭い、「(しなをつくって) ああ、そうなのよ、おならってペニスの先っぽから出てくるもんなの、(にっこりして) ううん、あたしたち、しないの」ッてなことはない。世の中ァ無常だねえ。

ところが女は、そういうのをぜェんぶ、無い、てえことにしてふるまってきた。

男は、有る、てんで、生きてきた。

おならしたって恥ずかしがらないでいい。うんこしてもにおいなんか気にせずへいきでトイレから出てくる。小用だと便座はあげたままになってェる。もうそれだけで、おならと、うんこの残り香と、便座の位置だけで、フェミニズムだなんだと四角四面なことを言わなくったって、生き方がぜんぜん違う。どっちかが無理をしてェるてえことがわかる。

あたしゃ常々思ってることがあるン。ええもう、今回、この相談を考えてるうちにきっぱりと決意しました。今の連れ合いと死に別れたら、あたしゃもうぜったい、誰とも添わない。もうぜったい。おほ、そりゃ「添わない」んじゃなくて「添えない」んでしょってあなたはいいますか？ なんかいいたそうな顔ォしてますけども。添いたくない理由は、ただしとつ。寝床で思いっきりおならができないからさ。

あたしは、レム睡眠のときも、あたしでいたいんです、ただそれだけ。

失禁の人の「基本的に『寂しい』と向き合った生活」の、その寂しさとは何だろうと……考えてたときだ、またバレリーさんが叫んだ。

数年前に定年退職した元公務員。

「離婚してしまおうかと考えることがあります。退職金を家のローンの完済にあててしまいました。あのお金が手元にあればと思うと、悔しくて夜も眠れません」(六十五歳)

夫のために、さんざん苦労してきた。夫はうつ病で入退院をくりかえす。夫の弟は二人いて、二人とも未婚で、うつ病とアルコール依存、義母は認知症で徘徊してェる。それをぜんぶ長男の嫁として、働きながら世話をしてきた。自分の人生だと思って、がんばって生き抜いてきた。親しい友人にも、二十年前に亡くなった実母にも、別れた方がいい、いいといわれてきたけれども、それを、もう少し、もう少しとがんばってきた。

「義母を施設に入れて、やっとこの頃は、夫のこともそんなに気にかけずに、外出したりできるようになりました」といいつつも、四十年いっしょにいて、はじめて、離婚してしまえば楽になるッてえことに気がついた人であります。

「もしこれが三十年前、いや十年前なら、あたしはあなたに離婚をおすすめしております。今までの四十年間、あなたは身を粉《こ》にして、なんとか家族を支えようとがんばってきた。ある意味、人を支えるということが、あなたにとって、自分であることを確認する手段だったと思うんですよ」とあたしは書いた。

離婚はすすめるときとすすめないときがある。ま、当然だけれども。

本人が別れたがってるなと感じるときは、そっちの方向に向けて考える。

本人がどうしたいのかわかってないときは、まだなんだと思う。

子どもがいるから別れられないと思いこんでる人には、できますよ、子どもが苦労するだけで、と教えてやる。子どもはたしかに苦労するけど、まず最初に自分を取りもどしてから、こんだァ苦労した子どものために苦労してやることもできますよって。

でもこの人には、こう書いた。

「このごろやっと、ご主人と暮らしながら、ご主人の病気にふりまわされず、自分らしい暮らし方ができるようになったとあなたはおっしゃいます。お手紙を精読しますと、そこまで、夫を憎みきってもいないようです。それならそのまま、別れずにいたほうがいいとあたしは思うんです。家庭持ちの弱みはココです。今まで四十年暮らしてきたあなたの家庭は、すなわち、あなたの場所です。離婚したら、自由はまるごと手に入りますが、あなたの場所が崩れさり、大きな孤独がそこにポッカリと穴を開けるでしょう。ずっと家族の世話に明け暮れていたあなたは、その孤独に耐えられるでしょうか。耐えられるのなら、もっと早く、孤独を選択していたんじゃないでしょうか。老いますと、人間関係がどんどん少なくなっていき、どんどん寂しくなっていきます。夫でもぞうきんでも、いたほうがいいのが、老後に向かうということだと思うんです」

それからまもなく、バレリーさんの叫びとともに来たメール。そこで、あたしは、しとつの言葉を見つけたんです。

「男女平等というような事、社会でもだんだんそうなっているという事は聞き及んでおりますが、どうしたら家の中でそれができるのか教えていただきたいのです」（六十代）

結婚して四十年になる妻だった。夫は家庭的で、暴力もなく、浮気もせず、稼ぎもまあまあ、でも妻には、目に見えない不満がふつふつとたまっていた。

「休日など二人でどこかへ出かけて、疲れて帰ってきたときに、自分が立ち上がってお茶を入れる奴隷根性に絶望しています。それをごくあたりまえの事のようにのほほんとしている夫のことも憎らしくてたまりません」

ね、ここですよ。絶望、と。

この言葉だ。見つけたと思った。

女の、女たちの、悩みを、不満を、不安を、しとつに集めて表現する言葉。

ずっといいたかったンだが、心ン中から出てこなくて、ずっともやもやしていた言葉だ。

自分の人生である。それはたしか。そう思ってずっと生きてきた。ところが、どうしても、思いどおりにならないン。

女三階に家なしッていいますねえ。女というものは三階にいたら、降りて来るッたって大変だから家がないッてえなことを、笑って納得していちゃいけないンで、自分の人生、自分が中心である、はずであるが、はて真実のところはどうだったか。なんだか自信が持てない。どうも中心ではないように感じる。ほかの人のために、すみっこに追いやられつづけているような気がするが、どうしようもない。どうしても中心に戻せない。理不尽である。物凄く理不尽きわまりないのである。理不尽であるのであるが受け入れざるを得ないのである……。

そういうときに人間が感じるものを、絶望と、呼ぶんじゃないか。

ねえ？

それで、むかし来た相談を、読み返してみました。そしたら、あそこでもここでも、女たちがいろんな言葉を使いながら、絶望を、見てました。

「夫と話すことがありません」（三十九歳）

「どうも夫にむかついて困っています」（四十五歳）

中学生か、あんたらは……。

「夫といっしょに寝たくない（セックスじゃなく冷房つけたり寝る前に本を読んだりするのがいや）」（五十代）

これも。

「夫と話が合いません」（七十五歳）

今さらって気もするンですけれども、幾つになったッて、つらいのはつらい……。

「夫とセックスしたくない」あるいは、

「夫とセックスしたいが、してくれない」

これはもう、全世代に渡って、くりかえし、くりかえし……。つまり妻と夫が、「やりたい」と思っている回数はたいてい食い違うということですな。「夫と、ちょうど自分がやりたいだけやれて、それはちょうど夫がやりたい回数でもあって、内容もすごく満足」という人は、あたしんとこに相談してくれないから、わからないン。しかし……ほんとにいるのか、そういう人が。

この人は夫と話ができないという悩みだ。

「何かわたしが言うとすぐ否定する。何に対しても疑り深くて素直じゃない。彼の『でも』は聞き飽きました。どうしてそこで『そうだね』と一言言えないのかなあと悔しくなります。何かにつけ、いやな性格の人だなあと思います」（三十七歳）

昔にもらった相談ですからね、話し合いましょうかなんか答えたんじゃないか。十年前は、あたしゃまだ海千でも山千でもなくて、え、海二十山二十くらいだったから、人間は話し合えばわかるてえ理想主義でありました。学級会のひきつづきみたいな夫婦がありえると思ってました。あれからとことん苦労して、今はもう現実が、ずうゥンと身にしみてェる。そんな夫婦は、ありえない、と。

おっとそこでまた、バレリーさんが叫んだ。今日はよく来る。絶望だらけだ。

「身体はわが家にありますが、心は彼のもとに行ったまま」というパート先の上司に片思いしている人は四十歳、上司は四十七歳。

この手の相談、実は同じ人が何回も書いてくるんじゃないかと思うほど多いんだけどもね、よく読むと相手が違う。

パート先の上司。

縁が無くて別れた昔の恋人。

学生時代の同級生（クラス会で会ったの会わないの）。

これァ女のファンタジー、ここにいない、手の届かない男を好きになるのは。それにしちゃ相手の選び方が、いちいちみっちいんだけれども。

万が一、この上司なり昔の恋人なりと関係ができちゃって、泥沼になっちゃったとして……。あたしにはありありと想像できますよ。男ってのはね、新規の女とは喜んでセックスするくせに、いざとなると古女房を取る。「奥さんと別れてあたしといっしょになって」かなんかいって、男のほうもでれでれして「あんな女ァしょうがなくていっしょにいるんだからね、いつか別れてきっとおまえと」なんかいったって、なかなかそうなる気遣いはない。きっと子どものころから、新しいおもちゃは欲しいけど古いおもちゃも捨てられない、欲ばりのしみったれだったんでしょうよ。け。どいつもこいつも。

なに、個人的な恨みがあるようだ？

まあ、海二十が海千になるためには、いろんなことがありましたよ、まったくどいつもこいつも、ろくなもンじゃなかったねッ。

で、晴れて海千山千になりとげ、離婚も何回もやりとげて、わかったことが、しとォつ、ある。男ってのは、年取りゃただの親爺になるてえことです。いったん夫にしちゃったら、みんな同じ、夢もチボーもないてえことでもあります。

「あなたと上司の関係よりも、問題なのは、あなたと夫との関係です。ダレてるでしょう？　こまめにメンテしなけりゃいけません」とあたしは書いた。

あたしゃね、見かけによらずマメなんです。うちの連れ合いのことでも、ダレに気づいてからというもの、ひたすらマメに努力をしてます。もうね、マメの国からマメの宣伝販売に来ちゃったようなもんだ。前にやった離婚があんまりつらくて、もうするまいと思ったのと、連れ添ったらどれもこれも同じだてえことを看破したのとでええ、別れるよりは、ダレた関係をなんとか修復したいとあいコレつとめてるわけで……。あたしの考えじゃね、結婚とは、満足できる性と愛情をともなう男女の関係が一蓮托生になったもの。と今はいってるだけで、違うときには違うことをいうかもしれませんけども。ただ、これはほんとです。性も愛情も、いつしかダレる。ダレないわけァないんだから、日々たゆまぬ努力をしないではおれない。

まず、いっしょに時間を過ごしますねえ。

だらだらしてるッてえと、ついいっしょに過ごす時間がなくなっちゃう。だから、いつも「過ごさなくちゃ過ごさなくちゃ」と考えることにした。するってえと、どんなに忙しくても、過ごす時間はつくれる。いっしょにスーパーに買い出しに行くとかな。片方が料理してるときに、もう片方はうるさがられても手伝うとかな。片方がすわってりゃァもう片方もすわる。片方が立ってりゃ立つ。片方がトイレに入りゃァ片方もトイレに……てのはない。

そいから、セックスをいつもと違う時間、違う場所でやりますねえ。内容も、ほほ、色々と、工夫してね。必要は発明の母といいますからねえ。

そして、話題をつくるンですねえ。

めったな話題じゃ議論になってケンカになるから、議論にならないような……爺問題とかな。ブッシュの悪口なんて、いいっぱなしでよくッて誰にも迷惑はかからないンだからといったところで気づいた、爺問題？　時事問題ですよ。あは、問題の、ことの本質を、あばいてェるような、そんな間違いだ。Wordさんも、やることが粋だ。

映画を見に行くのも、いいンですねえ。

うちは二人とも西部劇か殺人ものが好きで……。いろんなもの見ましたけどね、よかったのは、あれだね、『羊《しつじ》たちの沈黙』。これは古い映画だから家《うち》でビデオで見た。怖いからね、寄り添うでしょ、なんとなく。そしてあの、博士とクラリスの小指が、ちょっとだけ触るシーンに、ぞくぞくっとした。

たかが小指なんていってないで、あの状況で触ってごらんなさいあなた、BGMは、グレン・グールドの八一年のゴールドベルクだ、ぐぐっと来るよ。

うちもね、あれから何度も何度も、小指を触ってみた。

触ってね。

また触ってね。そっとさすって、そいから舐めてみて。

ちゅっと啜って。

そいから噛んでみて。もう後は、もつれこむしかないン。

へあなたが噛んだ、てえ歌があったね、昔。子どもの頃。意味がわからなかったもんだが、今はわかる。「しつじ」を見たンだ。

ええ。

ケビン・コスナーの『ワイルド・レンジ』もよかったね。西部劇の、お話は定石通りで、長ァくてかったるくて、だァれも知らない映画だけどね。胸がしめつけられるよな、女と男の思いがあった。男の、女にたいする思いがあった。セックスも、キスも、なんにもしないんだけどども。こういう映画を、いいなァと思って見てェるあたしは、なんだな……救いがたく情緒的だな、海千山千になっても、入れるの出すのてえセックスよりも、好きと思い、思われる、心が欲しいんだなと思いながら横を見ると、亭主が、黙ァって、感動してェた。

ケビン・コスナーてのは、ちっともいい男じゃないし、首は太いし、頭は禿げてるし、役柄も、何なんだろうてのが多いし、映画はもっと、おい何なんだよてえのが多いんだが、どういうわけか、あたしの見た中じゃ、あれだ、中年女と中年男のきびってのを解ってる役者だ。桃太郎なら団子にしてるよ。こっちは五十でぶよぶよで人に見せたくないこのからだだけど、ああいう男になら見せてもいいかもって、まだ誘われてないけれども。

ついでにもうしとつ、西部劇、みたいなもので、『ブロークバック・マウンテン』てのもよかった。ありゃゲイの映画だろうッて、ええそうなんです。ところが、見ているうちに、忘れちゃう、そんなことは。男男でも、女男でも、女女でも、夫婦以外の関係、ありとあらゆる道ならぬ恋、そいつをちょっとでも経験したことのある人が見りゃァ、これは自分の話だ。必死《しっし》の恋愛が、そこにある。

人の恋路をたどってみるてえとこに、映画の醍醐味がある。

映画の中で、人が、だれかを、好きだ好きだと思ってェる。現実のあたしらはもうそんなのはすっかり忘れてても、映画の中の人が思うから、感情移入しているうちに、思い出す、むかしはそうだったから、だからいっしょになったわけだった。ああすっかり忘れてェた。なんだこの親爺、うっとうしい親爺だ、なんで家《うち》の中にいンのかなァ、なんてね、思ってたけど、好きだったんだ、考えてみりゃァ。

糟糠《そうこう》の妻てえ言葉がありますよ。あれはつまり、糠味噌を漬けるのがうまい妻てえことだ。糠味噌ってのァ毎日かき回《ま》さないと虫がわいちゃう。それを毎日こまめにかき回す妻を、糟糠の妻という。

かき回すだけかき回したら、後はもう、夫婦なんてものァ、行き当たりばったりに行くしかないン。

夫婦だからこそ、話し合えない。話し合えるのは、おみおつけの実は何がいいかカレーの具は何にするか、くらいなもんだ。多数決で解決は、もともと出ない。ふたァりっきゃいないんだから。どっちかが我を通してどっちかが譲るしきゃない。

不満があれば、行き当たりばったりに、とりあえずの処置をして、また不満が出てくれば、その場かぎりの処置をして、根本に横たわるドロドロにも、亀裂にも、違いにも、目を向けることなく、気づくこともなく、生きていけたらいい。

どんなに大きい絶望が、ぱっくり口を開けてたって、行き当たりばったりにふさいでいけば、なんとか、なるだろう。なんとかならなくッても、すいすいすーだららったとつい思っちゃうのは、昔あの歌を、歌いすぎたせいかもしれない。

水無月《みなづき》——子ゆえのやみ

ええ、どうもこの、長雨でございます。しとしとしとしと雨が降ってェる。そこィしたしたしたした誰かが歩いてくる。ええ、この、「し」と「ひ《し》」の区別のつかないあたくしどもには、まことに不便な季節でございますが。

この、梅雨時てえのは、とくに夜の闇が深いもんです。雨が降ってますと、月も出ません。これァもう昔から、出・な・い、と相場がきまっております。

あたくしのところは河原っ端で、目の前は土手で、裏は大きな藪でしてね。魑魅魍魎《ちみもう》りょうも、妖怪変化も、藪っ蚊も、いろんなものが住んでいる。

裏の藪も暗いンですが、目の前の土手もまた暗い。川ン中には電灯も立ってませんから、ちょいとこう土手をあがるてえと、そン中は、墨を流したような、とよくいいますが、もう墨どころじゃないンで、墨汁をしとびんぶちまけたみたいにまっ黒くなってェる。そんなところに、この時期、ときどきすうっとホタルが見《め》えたりします。いい風情でございます。

あれァ英語でファイヤーフライ。訳してみれば火の蝿《はい》と、こう申すそうで。あたしゃ昔ッから蝿が嫌い。蝿を見るてえと叩きたくなるもんですから、ホタルのときはいい風情でも、蝿と思うとこんちきしょう。蜘蛛やごきぶりじゃそこまで凶暴になりませんねえ。きっと前世、寂しィい野っ原でね、蝿にたかられて、いやだいやだと思いながら野垂れ死んでたんじゃないかと……ほほ、あれも闇夜でございましたよ……。

その暗闇の中で、え、考えることがございます。

女の抱える苦の中でも、どうにもならないけど捨てきれないのが、子どもの問題。子ゆえの闇と申しますくらいで……ええ、無い子にゃ苦労しませんが、あるんだから、苦労しないわけにゃいかない。

あかんぼの頃の悩みは、簡単です。風邪しいたとか、下痢をしたとか。

親は真剣ですけど、たいてい時間が解決する。ま、それはなんでもそうですね。風邪や下痢が何年もつづくなんてえことはない。

食べないとか、いうことをきかないなんてのもよくあるが、そういうのは、親がいくら気を揉んだって、食べないものは食べないし、悪たれは悪たれだ。そうするてえと、育て方がわるいの、あたしの性格がわるいの、親はいくらでも悩めます。そういうときは、三つ子の魂百《しゃく》まで、この子ははじめッからこの子なんだてえ心づもりで、あたしはまあ、たまたま親で、面倒をこのように見ているのだけれども、この子がこの子であることに、あんまり責任はないんだてえ、無責任な心づもりでね、やっていくとよろしゅうございます。

育児の基本は、がさつ、ずぼら、ぐうたら。

いやもう、おむつはずしも、離乳食も。

がさつ、ずぼら、ぐうたら、がさつ、ずぼら、ぐうたら。

こう、くりかえすことにしてます。これァ唱えてるとほんとにそうなっちゃうんですな。

がさつ、ずぼら、ぐうたら、がさつ、ずぼら、ぐうたら。

あたしゃ昔は神経質で繊細でね、神経質すぎて繊細すぎて、困っていたもんだが。

がさつ、ずぼら、ぐうたら、がさつ、ずぼら、ぐうたら。

唱えてるうちにほんとの、がさつ、ずぼら、ぐうたらになっちゃった。この頃は効きすぎちゃって反対に困ってます。欺されたと思って、いちどやってごらんなさい、もうなんにも気にならなくなるから。うちン中がしっ散らかってても、汚れものが溜まってても。

それでもやっぱり人は悩む。「子どもがかわいくない」とかな。「つい叩いちゃう」とかな。「公園でしとりぼっち」とかな。「よその子とあそべない」とかな。しとりぼっちだから、誰かと触れあいたい。でも触れあいそうになると、うっとうしい。どんなにあかんぼが温かくて、柔らかくて、かぐわしくても、賽《さい》の河原に小石積んでるような毎日に、女はしとりぼっちで、自分がなくなりそうな重圧にたえているんだなあッて思うけど、気の毒に、あたしはなんにもしてあげられない。どんなことでもいいから、してあげたいと、そう思っているけど。

ついこないだ来た相談は、産休明けの若い人《しと》。「保育園はかわいそう」「三歳までは親の手元に」「子どもは病気になりやすいから職場に迷惑をかける」などと周囲の人にいわれて、復帰していいものかどうか、悩んでました。

都市伝説てえものがございます。口裂け女があらわれたとかな。某ハンバーガーはミミズ肉であるとかな。

「保育園はかわいそう」だの「三歳までは」だのは、あれと同じ。

きゃーこわーい、やだーって関係ない人は思ってればいいんで、働く母親は、そんなことは気にしてられない。「病気になりやすくて、仕事もたびたび休まなくてはいけない」だけは、真実でございます。

まあしかし、迷惑かけあってこその浮き世だし、金は無く、頼る先も無く、あかんぼが熱出してるてえのに、こっちは働かなくちゃいけない、休めない。「生活」というより「地獄」だなと思えるときこそ、馬鹿力が出て乗り切れる。

「都市伝説より、自分と自分の生活を信じた方がいい。大丈夫、乗り切れます。あたしらセンパイたちも、乗り切ってきましたから。いわずもがなのことをいいますが、妻だけが抱え込まずに、夫婦あい助け合ってそれを乗り切るのが、家庭ですよ」とあたしは書いた。

もう二年ほど前になりますが。若い母親からの「赤ん坊と二人ッきりでいると息がつまりそうだ」てえ、お約束の相談がありまして。

ええ、お約束。子持ちの母親に聞いてみれば、十人中八人がまずそれをいう。

ところがこの人は、問題はそれだけじゃなかった。こないだ万引きをしちゃった。それがお店に見《め》つかっちゃった。大ごとになって、それを夫に知らいちゃった。それがためにに、夫との間はぎくしゃくして、「わたしはひとりぼっちで気が狂いそうです」という。

あたしゃね、こういうのは可哀相でほっとけない……。電話しようかするまいか、しばらくもんもんとしてました。お節介なことしたら相手もいやな気持ちするだろうって躊躇《ためら》ってみたけど、今にもその人が、どこかで泣いてやしないか、自殺でも考えてるんじゃないかと思うと、いてもたってもいられなくって。で、電話しました。手紙に書いてあった携帯番号。まっ昼間、夫はいないとき、洗濯物でもたたんでるようなときを見はからって。

　身の上相談の伊藤しろみでございます、てえと、「まあしろみさん」と、親戚のおばさん、うう、すこゥしおまけしていただいて、親戚のおねえさんに、出会ったような声が答えてくれた。こっちも緊張しちゃって、いつもよりだいぶ早口ンなってまくしたてた。

　ええそうなんです、今回あなたの相談に回答させていただきました、もうあなたね、たいへんお辛そうでいらっしゃるが、辛くなったらかまうこたァありません、あたしンとこに電話しておいでなさい、でなきゃ、辛いなって思うたびにメール書いてください、もう、メール、待ってますから、あたしゃ知らない人からメールもらうのが、もう好きで好きでしょうがないんですから、ね、今からメールアドレスいいますから、もう、てなことをいいながら、向こうの端末で、相手が泣きくずれるのを聞いてェた。ほんとに辛かったんだろうな、この人は、しとりでがんばって思いつめてきて、どんなに寂しかったんだろうなと。

　夫はどうしてるの、ときくと、泣き声で、「夫もすごいショックみたいで……」。

そうなの、あなたも夫も、とあたしも思わず沈みこんだが、そこに力を振りしぼり、「寂しいけどね、状況はどんどん変わっていきますから、ゆっくり時間かけてね、育児ってのはすごく疲れるんですから、疲れてあたりまえなんですから、夫も巻き込んでやってかなきゃ身が持ちません、一人でしょいこまないでね、あたしの回答に、育児には夫のかかわりもすごく大切だって書いといたから、それを何気なく夫の目につくようなとこに置いといてね」

で、あたしは聞いてみた。お子さんのお名前は？

「何々です」

日本語じゃないような、今どきの名前だった。若い、親になりたての男と女が、ふたァりで、ああでもない、こうでもないと考えたんだろうな、楽しかったろうなそンときは、とあたしは思ったんです。

それッきりメールは来なかった。携帯も鳴らなかった。どうしたかなあと思ってました。来ないものはしょうがないから、それッきり。それがね、こないだ某所に呼ばれてって話をしたときに、若い人が、最後まで残って待っててくれて、そうして「あの、以前お電話いただいた」と言い出した。

あのときの、とあたしはたちまち思いだし、今はどうしてるのときくと、「元気にやってます、ほんとにお世話になりました」と。

いいえ、なんにもしてませんよというあたしに、「あの電話があったからやってこれたような気がする、メールも電話もしませんでしたけど、いつでもできるって思ったらがんばれた」と、そういってくれました。傍らに小さい子がいて、名前を聞くと「何々です」。

あのときも聞いたなと思い出した。今どきの名前だった。今回もそうだった。今どきのかわいい名前だった。今までよくがんばってきましたね、そういいながら、あたしははじめて落ち着いて、その人の顔を見た。若くて、ぴちぴちして、ちゃんと前向いて生きてますッていう明るさにみちみちていて。

「きょうはね、しろみさん、お弁当作ってきました、お疲れでしょうからおうちに帰ったら食べられるように」と差し出してくれたのが、あなた、紙の箱にきちんと入った、ていねいな作りのお弁当。抱えて、大切に抱えて、持って帰った。食べるのがほんとに惜しかった。でも、いただきましたよ、腐っちゃっちゃ勿体ない。いただきました、幼稚園弁当に作り慣れてるような、小さなしゅうまいや、からあげや、卵サンド。

ええ、それから来るのが、思春期です。

子どもがやたらに、むかつきだす。ちょいと前《まい》なら夜泣き疳《かん》の虫で「宇津救命丸」のましてりゃよかったのが、こんだァ、むかつき、胸焼け、胃のもたれで、「太田胃散」

か「キャベジン」か。

ほんとにそんな薬で治るなら、こんないいことはありませんけども。

なにしろ、ちょっとしたことでつっかかってくるし、何をいっても素直に「はい」をいわないし。

これァもうサル山の子ザルが、お、おれもちょっとボスじゃないかなってなんか勘違いして力試しをしてェるのとおんなしなんですよ。家庭安泰のためには、あんまり民主主義みたいな、ものわかりのいいことばっかりいってってはいけない。「ボスはあたしだよっ、がおっ」と、いばってみせることもしつようなんですな。でもサルじゃないんだから、相手を信頼してやることも、理解してやることも、しつようなんですな。あたしの考えじゃ、思春期ってのは、自分が大切だってえことを、一瞬忘れちゃう時期だ。

ねえ？　あかんぼンときは、歩いてほめられ、寝てほめられ、うんちしてほめられてェたもんだ。だんだん大きくなってくるてえと、ほめられなくなってくるから、つい、忘れちゃうんですね、自分は、世界の中心で、とっても大切なんだてえことを。

で、いろんな問題が出てくる。ものを食べないとかな。食べ過ぎるとかな。学校に行かれないとかな。自分の部屋から出られないとかな。

世界の場所さえ、ど忘れしてる風情ですねえ。

そういうときァもう一回、世界の真ん中にしっぽってきて、ほら、ここだよ、ここでやってくんだよって教えてやる。そういったって世界を見失っちゃってるんですから、わかんなくなってるわけで、ここはしとつ、親が、自分の世界を子どもに貸してやって、中心を教えてやる。

あたしもやりましたがね、自分の世界を貸し出しちゃいますと、あたしはあたしでいられなくなっちゃうんですね。あれはとてもつらい。自分が自分でいられなくなるてのァ、とてもつらい。でも親がそこをやらないと、子どもは元にもどれない。やっぱり、他の誰でもない、親がやってやんなきゃだめなんだ。

次のメールは、十五歳の娘の母親から。

「娘が、泣きながら力まかせに物をこわしている様子を見ると、本人のつらさ、苦しさはわかります。でもどうしたらいいのかはわかりません。もて余しています」（三十九歳）

これァ娘一人の問題じゃありません。母と父、妻と夫、母とその親、夫とその親、家族の生きざまが影響をおよぼしあって、娘の今がある。

「夫はどうした？　同じ土俵にひきずりこんで、問題に向きあってもらいたい」とあたしは書いた。

この親も看破してるように、娘は、怒ってます。何に？

　家族に対してかもしれないし、自分に対してかもしれない。その両方かもしれない。思春期てえめんどくさい時期にいる自分と家族の関係に対して、かもしれない。で、とても苦しがってるんです。

　この娘は、親の稼ぎが悪いから家が狭いの小さいのと、暴言も吐くそうです。これはいけません。言われたらすぐにこてんぱんに、ののしり倒してでも、やめさせなきゃいけません。家庭は民主的じゃやっていけないんです。親は、リーダーいやさボスとして、群れをしっぱっていかなきゃならないんです。家族として、暮らしていれば、辛いこともいろいろありましょう。デモクラシーはないけども、「でも暮らす」から、家族であります。

「まず、あなた。疲れて、余裕がなくなって、楽しいことなんか何もなくなってませんか？　まず化粧品をひとつ買い、服を買い、本を買い（拙著『伊藤ふきげん製作所』がとくにおすすめ）、そして、自分のために、花を買います。自分をかまってやるんですよ。娘の顔を見るのはそれから。悩むだけ悩んで逃げちゃう親が多いんですが、逃げちゃいけません。群れの危機です、ボスは守る。苦しむ娘に思いっきり向かいあい、時間をたっぷりかけて心を砕いてやる。その方法は『伊藤ふきげん製作所』に書いてあります」とあたしは書いた。

子どもてえのは、むかつきだすてえと、ああこれは、ここから出ていきたいんだなてえことがわかる。

以前《まい》にね、夏の終わり、裏の薮から、タヌキが一匹、這いだしてきたのを見ましてね。暗くってもすぐ分かる、どうしたって猫や犬の形じゃない。おおタヌキだと思って見てェたら、道を渡って河原に入っていった。そしたら後からもう一匹出てきて、おおまたタヌキだと見てェたら、そいつも道を渡って河原に……。そしたらまた一匹。また一匹。またまた一匹。さらに一匹。もしとつ一匹、いい加減にやめねえかでもう一匹。見てるこっちもはらはらしましたが、出たも出たりで合計九匹。ありゃ家族でしたね。それが裏の薮からしたしたしたした道を渡って、河原の闇ン中へ。子どもも親も、同じくらいの大きさだった。渡っていった河原の中で、おとっつぁんおっかさん、さいならッ、て子どもらが、ちりぢりになっていくんだろうなと思われた。

ほんとの暗闇、子ゆえの闇は、むしろ、子どもが成人したあとに待ってェる。ところが当節は、なかなか子どもが成人しません。いや、大きくはなる。ぐんぐん育ちはするんだが、なんだかな、いつまでも、そこに、いるんだよ。おとな子どもかおとなみたいな顔ォして。いましたね、昔もそういうのが。ええ。「座敷わらし」てえン。

更年期を迎えようとしているあたくしどもの子どもたちは、おうおうにして大きいんですが、友人たちにきいても、大きい子どもが「うちにいる」といいます。「子どもが出てったのよ」はあんまり聞かない。

しきこもりとかたちすくみとか、イートとかニートとかいうらしいけど、親からしてみりゃそんなことばで呼ぶのはどうもそぐわない。うちの子は「うちの子」でいいじゃないかと思ってる……てえのはどこの親も同じだと思います。

あたしゃ、いつまでもうちにいていいんだよッていってやりたい。

出て行きたくなったら行けばいいんだけど、まだなんじゃないのって。

親も子どもも、先ィ行かなくちゃ、行かせなくちゃと焦っている。ねえ？　タヌキじゃないんだから、夏が終わったら巣離れしなきゃいけないってことはない。そこが人間のいいとこなんで。ええ。世間じゃそういう子どもや親が、なんていわれてるか知ってますよ、でもまあ他人様は他人様だ。こっちにゃこっちの都合がある。

いていいんだよ、子どもでいいんだよッていってやれば、しきこもる子や外に出て行かれない子どもたちが、楽になるんじゃないかと思うんです。

と思うと、出ていきすぎる悩みもある。

出物腫れ物と、それから恋愛は、所きらわずと申します。

恋愛を、遠くから来た外国人としちまうてえと、これァたいへんだ。糸の切れたタコみたいンなって、どこへ飛んでいくかわからない。本人は悩みません。本人は、恋愛だから、うれしくて、「へん、お天道様と米のメシはどこへでもついてくるんだッ」てえつもりでいる。

むかしッからそういう女はいたンだ。葛の葉も、鶴女房も、みィんな、苦労しましたからねえ？　ある意味で、大阪いったって、北海道いったって、同じ苦労だからねえ？　悩んでるのはたいていい母親です。こないだメールで、しとつもらいました。講演会のあとに話しかけてきた人もいました。

娘たちァ年頃もさまざまで、相手のお国もさまざまだが、共通するのが、みんな本気で外国の男と一緒になりたいと思っており、むこうの国に住むのも辞さないてえことだ。そしてどうやって食っていくか、明確なプランを持たないてえことだ。

親が悩むのは、がらっぱごす人とか、かっぱどきあ人とか、そういう、よく聞かないとこの人が多い。アメリカ人とか韓国人とか中国人とか、よく聞くとこの人が相手だと、そこまで悩まない。相手の姿かたちも、考えてることも、万が一、そっちの国で暮らすにしても、そこの暮らしが想像できますからね。

え、あたくしは若い頃、ベルリンの壁の瓦解前の東欧に、暮らしたことがありまして。あの頃は、文化より何より、経済の差があった。そうしてあたしのまわりにも、何組もいましたよ、恋愛しちゃって、さあどうすんだてえカップルが。

外国籍の配偶者、自分の国じゃ良ィい大学を出てたって、日本に来たら職が無い。英語しゃべる国の人なら英語の先生ができようが、そうじゃないと、それもできない。お金の価値が違うから、国からの仕送りも期待できない。あちこち流れていって、とうとうまったく関係のない別の国に住み着いたけど、そこでまた苦労した話も知ってェる。外国人は、ビザがないと、住んでることもできない。そうして、今どきは、どこィ行っても、ビザ取るのがしと苦労だ。

その上、離婚でもしてごらんなさい、たちまち外国人の方が路頭に迷っちゃう、金も無い、身寄りも無い、故国に帰ったたって浦島だ。

そんなことァ結婚する前に考えておけばいいんだけども、恋愛中は、離婚のことなんか考えないし、恋愛中につい結婚しちゃうわけだから、どうしようもない。

昔、〽同じ地球《くに》に生まれたの、ミラクルロマンス、てえ歌がありました。ロマンスてえものがしょせんミラクルなんだから、もうしょうがない、止めようがない、とあたくしたちに教えてくれてる歌……タメになりますね。出典は『セーラームーン』、ええ、あたくしの教養は、もっぱらこの、漫画とアニメにたよっておりまして、他には何もないんでございますから、お買いかぶりのないように。

しょうがない。止めようがない。

そういってられンのは、娘のほうで、親は落ち着いていられない。

そういうことを踏まえてェ、あたくしはいいます。ええ。

親なればこそ、わからない話もある。

どうすんのッていってやんなさい。

ええ？　どうやって食ってくの？　ただなんとなく日本を出たいじゃ済まないんだよッ。国を離れて、苦労していく覚悟は、ほんとにあンのかいッ。え？　外国人と一緒になって外国に住むッてえことはね、貝が、むき身で、大海の荒波を泳ぎわたっていくようなことなんだよッ。そこィ行ったら、こっちのしがらみは切り落とせても、別のしがらみがしっついてくるんだよッ。え？　そういうことわかってンのッて、説いて聞かしてやったら、子どものほうも考え直して……って、考え直すわけないンだ。考え直してたら、そりゃ若者じゃない。

若者は、考え直しちゃいけない。「お天道さまと米のメシは」てえタンカを切って、出ていっちまわなけりゃァいけない……。

親はあきらめて、行かしてやんなさい。行かして、苦労さしてやんなさい。

え？　さっきいったことと違う？

いや、まず、話のわかんない親として、いうことはいわないといけないてえことですよ。いうことといって、せいせいしたとこで、ミラクルロマンスなんですから、しぶしぶ、受け入れておやんなさいてえことですよ。

あんまりしつこく反対して、まんがいち、娘が折れちゃって、おっかさんのいうとおりにします、かなんかいったらどうするの。いけませんよ、時代劇じゃないんだから。責任は、娘に自分でとっていただく。おっかさんのいうとおりにしちゃったら、こっちが責任とらなきゃいけない。

どういうわけかこの日本文化てえとこで育ちますと、年を取りますとな、白いゴハンがやたらと恋しくなります。白いゴハンに佃煮とかな。白いゴハンに漬物とかな。しかし外国に、外国人と暮らしてますと、それが、なかなか、食べられない。お天道さまはついてまわるが、お米のゴハンはついてまわらないと、そのときに知る。

でもね、一所懸命、むき身で生きて来たんだ、自分の意思でがんばってきた、あたしはあたしだッてえ気持ちが絶対残る。

そうしてその気持ちを手に入れるために、人間っていうのは勉強し、恋愛し、セックスもし、いろいろと身を削る。

とどのつまり、苦労はしても、それが手に入るんなら、もう、いいんじゃないか。

だからね、しとしきり反対してやったら、あとはもうほっときましょう。子どもががんばってるんだから、親は親で、できることをする。できることッたら、見ててやること。見ててやる。思春期と違ってこの場合は、片目はつぶる。見すぎちゃうとうっとうしいからね、片目だけ開けて、でもちゃんと見ててやる。

だめなら戻ってくりゃいい、やり直しはいくらでもできるのが人生だ。やり直しができるって、たいていの人は知らないんだけどもね、できるんです。

戻ってきたそのときに、ああいいよいいよ、よくがんばったね、ああよくがんばった、疲れたろ、戻っておいで、やり直しすりゃいいんだからって、いってやりたい。いってもらいたい。ちゃんと見てさえいりゃ、親にはそれができるんです。

よその親から来る、おとなや子どもの相談に乗ってるうちに、わかってきたことがある。あたしンとこにやって来るのは女がほとんどですから、どうしても母親の話をきくことが多いんだが、母親という人たちが、子どもを、見てるようで見てないことだ。みんな悩み抜いていましたが、あたしゃ他人ですから、母親に見えてないものまで見えてくる。

どうしかえめに見ても、子どもを追いつめてるのは親じゃないかッてえ親が何人もいましたよ。

必死《しっし》ンなって子どものことを心配してるつもりなんだが、じつは、子どもを見てない。子どもがいったい何をほしがっていて、何を考えているのか、てえことを見てない。

自分は見てるつもりなんですが、見てないんです。ぼたんをかけ違えちゃったみたいなもんですな。

実際、子どもったって他人ですから、問題があるてえと、たいへんうっとうしい。うっとうしいから、目はそっち向いててもな、実は見てない。見なくちゃいけません。こんな醜いもの見ようてえのは、親くらいしかいないんだから、まっ正面から子どものじたばたしてるのを見なくちゃいけません。

いってやりたかったが……いえません。身の上相談の、ちょいと来た手紙なんかにはいえるかもしれないが、面と向かったらいえません、あたしゃ気が弱くって。だってみんないっしょけんめい子どものことを考えてる、つもりになってるんだものを。

「子を捨てる藪はあっても我が身を捨てる藪はない」てえます。業であります。

自分は一所懸命子どものことを考えてるッて思ってるんだが、そのじつ、一所懸命に考えてるのは、自分のことなんだ。

もう、どうしようもなくって、にっちもさっちもいかなくなる、そういう危機が人生には幾度となくありますわね。そういうとき、まず捨てちゃうのが、へへ、おつれあい。向こうは捨てられてるとは思ってないン。「しようがねえねまったく、おれがいなきゃなんにもできねんだからよッ」なんか思ってェても、じつはとっくに捨てられてて、さあ次は、子どもを捨てようてえとこまで女たちが追いつめられているのを、たいていの殿方の、おつれあいさまは、わかっておられない。

あの裏の藪。

あすこにね。男を捨てて、子どもを捨てて、捨てて、捨てて、捨てて、それでも捨てられないのが自分なんだな。

業であります。

でも、子どものほうでは、こっちを母親と思ってしがみついてくる。蜘蛛の糸だよ、まるで。しがみついてきたら、蹴り落とすか、食っちゃうか。で、たいていの母親は、食いますねえ。へへ、あたしも食ってますけども。

ああ、あすこも、あっちでも、食ってんなあと思いながら、よその母子を見てヱるン。うまそうに食うんですね、これがまた。

その、裏の藪ですけどね。

高い木が何本もあるから、カラスの巣もどっかにある。こないだ、藪の前で、カラスの赤ちゃんをしろいました。赤ちゃんっていっても、もうだいぶ大きくって、あと少しがんばれば飛べるてえ思春期ガラス。

うちの犬がカラスに襲われてるのを見て飛び出したら、うちの犬がカラスに襲われてるんじゃない、うちの犬が、子ガラスを襲っていた。で、親ガラスが、子ガラスを守って、うちの犬に襲いかかっていた。とりあえず犬は家の中に入れたが、子ガラスが飛べないで右往左往している。

ほんとうはこういうものァ触らないほうがいいんです。「やはり野に置けカラスの子」てえますから。

野生のものは野生のまま。これがエコ生活の大原則だそうで。だけどまだ飛べない子ガラスで、見てるうちにも、飛びはねながら、道の方ィ出て行って、車にしかれそうになっちゃった。そのままほっときゃ、暗くなる前に猫の餌だ。こっちも人の子、カラスの赤ちゃんに、目の前で死なれたくはない。ずっと見てたが、らちがあかないので、暗くなる前に、じかに触れないようにタオルん中につつみこんで、連れて帰った。

伏せ籠に入れて、あんかいれてやって、ドッグフードをふやかして食べさしてやったけれども……青い目をしたいい子なの、これが。カラスてえのは、まッ黒なようだけど、幼鳥のときは目が青いンですってねえ。ほんとに、吸い込まれそうなくらいな青だった。

その間、親がずっと鳴いてるんです。

金切り声で、いやカラスの声なんてのはどの声も金切り声だが、とくにきんきんしていて、一声きけば必死《しっし》なのがわかる。父ガラスじゃなく、母ガラスだてえのもわかるんですな、ええ、なんとなく。身に覚えがある、このうろたえ方は。

「ちょっとかーくん、かーくんてば、え？　返事しなさい、かーくん、だいじょぶなのッ、かーくんってばさッ」

後を父ガラスがついてまわってる。で、母ガラスは夫にも食ってかかる、気が立ってるからしょうがないんで。

「ちょっとあんたッ、あんたも何かいってやって、ぼうっとしてないでッ、ほら、かーくんッ、お父さんもきてるよッ、かーくんッ」

そンときに思いました、「カラスなぜ鳴くの」てえあの歌、〽かーわいーい、なーいーつの、って何にも考えないで歌ってェましたけど、あれは子ゆえの闇。そのことをうたった歌だったんだ……。

さあ、翌朝まで保《も》つかしらん、あたしゃ小さい頃からスズメだヤモリだコウモリだと、ずいぶんいろんなものをしろって来たから知ってるんですけれども、野のものは、たいてい死んじゃうんですな。だからこの子ガラスも、朝まで生きてるかどうかと一晩中思ってェた。翌朝、起きたとたんに、ゲーッゲーッてえ、元気な声を聞いたときは、うれしかった。

で、おもてに出してやったとたんに、きのうの続きだ、親ガラスが鳴きわめいた。しとばん中待ってたのかしら、ほかの六つの子はどうしてんのかしら、人ごとながら……

すごく気になっちゃいましたけども。

「ちょいと奥さん（と隣のカラスに）うちのかーくんが心配でねえ、ちょいと行ってきますから、すいませんが、この子たち見といてくださいな」

「（隣のカラスが）ああいいですよ、お互いさまなんだから気にしなくていいんだよ、ごはんも食べさせとくから、ゆっくりしてらっしゃい、かーくん、早く帰ってこられるといいねえ」

親ガラスが見守る中で、かーくんを外に出してやった。かーくんは、飛びはねて、飛びはねて、藪をのぼり、塀に乗り、親ガラスにつきまとわれながら、低い木の枝に飛び移り、そこであたしがちょっと目を離した隙に、いなくなった。

あの子がどうなったか。ほんとはわかんないんだけれども、もうカラスが鳴いてない。だからきっと生きて巣にもどれたろう、と思いたい。今頃は飛ぶ練習を一所懸命にやってるだろう、と思いたい。そしていつか、ほんとに巣立つ。野生は厳しいものと相場が決まってます。死ぬ子は死ぬ。生きる子は生きる。あたくしも、もう手を出さない。

死んでも巣立っても、どっちにしても、あの母親ガラス、子がいなくなった巣に帰って、ため息ついて、出てくる声が、「空巣《かアアらす》」。

文月《ふみづき》――みをこがす

ええ、蒸し暑い中を、お運びいただきましてありがとうございます。こう蒸し蒸しちゃ、これァ爬虫類や昆虫はよろこんで生きてるでしょうけどもねえ、こっちァ爬虫類でも昆虫でもないもんですからね、生きた心地がいたしません。

「身を焦がす」と申します。

あれはこれかと思わないでもないんですが、今のこれァむしろ「身を蒸《ふ》かす」。まんじゅう屋の店先で湯気をたてて蒸かしあがってるやつがありますが、人間というより、ああいうもんになっちゃった心持ちでございます。もうちょいと経ちますとめでたく梅雨が明けまして、ええ、この身が、この、ほんとにまっくろ焦げになっちゃったり、てんぷらに揚《し》がっちゃったりするんですけれども。

身を焦がす火というのは、内からめらめらッと来る、俗にいう業火《ごうか》ですね。

「焦がされる」んでなくッて、「焦がす」。

自分からすすんで身を焦がすてえことですよ。少しは残ってるけど、もう制御不能になっちゃってるんだてえ意味合いがございますね。切のうございますが。

しかしまた、欲望につっ走って、蒸かしたてのまんじゅうになるてえのも、やっぱしこれァ、自分の意志じゃなれません、切なーいものでございます。


春のはじめにこんなメールが舞い込んできました。

「しろみさま。いつも楽しく拝見しております。相談にのっていただけますか。七十二歳になりますが、老いらくの恋に身を焦がしております。先日ひょんなことから、亡夫の弟子筋《しと》にあたる人にキスをされました」（七十二歳）

この人は、彼に前から好意は持ってたけど、こうなるとは思ってもみなかった。でも、それから彼のことが頭から離れない。結婚はのぞんでないといいながら、彼の近くにしっ越したい、お金を援助してあげたいということで。うらやましい老木の花と思ったが、よく読むと、一回キスしただけの関係なんですねえ、これが。

男から、連絡が来ない、来ないとこの人は嘆いていた。

「もてる人だからきっとほかにも女がいるんでしょう」かなんか書いてあったが、「ほかにも」ったって、ここにもほんとはいないわけ。一回キスしただけで、なんにもないわけ。

いきおいでキスしちゃって、女が本気になっちゃって、男は引《し》いちゃって、連絡をしてこなくなったという真実が、ええ、会ったこともないあたしが事情をきいただけでわかるのに、うぶなおぼこじゃないはずの当人には、どうしてもわからない。関わり合いになりたくないのならすっぱりと関わらなきゃいいのに、なまじな優しさがあるから、たまに返事する、女よろこぶ、また次を待つ、とこういうわけで。

「いくつになっても、待つのはつらいものです。こういう思いは若い頃はさんざんいたしました。亡夫との結婚生活は、順風満帆であったわけではなく、わたしにも向こうにも、いろいろとございました。その度に身を焦がしてまいりました。年取ったらこういう思いをすることだけはなくなるのだろうと思っていたのに、なくなりません」

身に沁みることばにもらい泣きしつつも、あたしゃ他人だ。真実が、見えます。

「これはだめだから、あきらめてほかの男をさがすか、死んだふりして熱のさめるのを待つしかない」と書きたかったんだけど、やはりな、そこまではちょっと書けません。読んでがちょーんとなって自殺でもしちゃったら困ります。それで遠まわしに、これはその、希望があるようには見えないような気がしなくもないんだがどうだろう、というようなことを、書いてみた。するとしばらくして、またメールが来た。それがまた「待ってます、つらいです」。

こんどは身の上相談の欄じゃなく、個人的にメールで返事した。それ以来、なんとなく、やりとりがつづいてゐる。すこうし落ち着いてきたような気もするが、ときどきかーっと元通りンなって、「待ってます、つらいです」。

こっちはたいしたことは書けません。まあ話を聞いてあげて、あたりさわりのないことを書きおくるだけだが、でも「待ってる」ことしか書けないその人が、あたしにむかって「待ってます、つらいです」って書くことで、焦げる身が少しでも焦げなくなるなら、「いつでも読みますからね」ってあたしは書いた。

きのうも来ました「待ってます、つらいです」。

まだ、絶望しきってない。まだ、夢みている。

一雨《しとあめ》なんてぜいたくなことはいわない、半雨でいいから来ないかなと祈りたくなるよな昼さがり。バレリーさんが「eメール！」と、いつもより大声で叫んだ。

メールによって声の大きさを変えるてえのは、あたしは設定してません。長年使ってると、機械てえのは、コンピュータや車と同じでね、人情ってものを持っちゃうらしいンですね。どうもこのごろ、バレリーさんは、共感する相談メールには大声で、そうでないのは小声で知らせてくれるような気がしてしょうがありません。身を焦がす女を、したすら贔屓《しいき》してるような。そこにバレリーさんの思い出が、こもってェる。思い出すだに、切ないです。

「しろみさん、もうすぐ五十になるのに、恋愛にうつつを抜かしています。バカみたいとお思いになりませんか」

この人が二年ごしに好きな人は、仕事で知り合った、少し年下でバツイチで仕事の鬼。このあいだ、とうとう念願かなって旅行をともにし、セックスもした。何もかも首尾良くいって、たたないということもなく、よくなかったということもなく、ラブラブな気持ちで別れたが、それ以来、もう三ヵ月になるのに、一度もセックスしてないという。

仕事では会う。メールも来る。電話もかかる。でも彼女の欲しいような、愛情のこったラブラブメールはめったに来ない。仕事に追われていて時間がない。休みの日も、仕事の上のつきあいで出て行ってしまう。

「『つらくて我慢できません』とメールをうったら『じゃあどうしろっていうの』と怒りのメールが来ました。何度も電話で話し合いましたが、何も解決してません。遊びでわたしを誘ったわけでもないようです。つまりわたしは待つしかないようです。束縛はしないようにしているつもりです。多くをのぞんでもいません。もう少しひんぱんにメールや電話をくれるだけでも、ずいぶん満足して楽になるのに。待ってることでオカシクなりそうです。ほかに女がいるのかと疑ったけどそれはなさそうです。どんな女だって、こんなやりかたじゃ我慢できないはずです」

自分にメールするのはたった二分間で足りる。しかしその二分間でさえ、仕事のほうが大切なのか。自分の存在は、仕事以下なのかと。自分とは何なのであるか、と。この人は、メールを待ってるだけで、ずっとずっと、無理矢理、考えさせられてきたと思った。考えつめてきたと思った。こんな無理無体はないとあたしは共感した。しばらくして、こんなメールが来た。

「考えれば考えるほど、わたしは悪くないと思います。わたしが悪かった、要求しすぎだったと反省してしまっていました、そんな割の合わない話はないです。もう、どうでもいいような気がして、相手に気持ち的に依存するのをやめました、やめられれば、の話ですが。それが、どうしてもやめられないで、週末になると、どつぼにはまってしまいます。どうやれば、やめられるんですか、しろみさん」

そりゃそれがわかれば、全世界の女を救えます。あたしもここまで海千山千にならずに生きてこられたかもしれません。でもわかんないンです、どうしたらいいか。

ほかにもこんなにありましたよ、そういう相談が。どういうわけかね、みィんな女の相談でしたよ。

五十代。読みでのあるきちんとした文章を書く人だった。

「不倫といえども誠実な男で、彼の愛情に嘘偽りはないものと信じています。そこいらの夫婦など問題にならぬくらい長い関係を築いてきました。問題は、彼がなかなかメールや電話をくれないことです。まだ世間に郵便と電話しかなかった頃から、関係はつづいております。ところが、留守電、コードレス、それから電子メール、携帯と、世間のテクノロジーの進化につれて、私たちの関係もより保ちやすくなるかと思いましたが、とんでもありません。苦しみは同じです。会えば、嘘偽りはないなと信じられます。相手の家族に嫉妬もありません。ただ、ただ、連絡をまめにして欲しいだけです。怒ってみても冷静に頼んでみても、連絡をまめにできないことは変わりません」

二十二歳大学生。

「留学中の彼と、遠距離恋愛中です。わたしは毎日連絡を入れるようにしているのに、彼からはめったに連絡がありません。つい疑ってしまいますが、それを彼にぶつけられずにもんもんとしています。やっぱり遠恋って無理なのでしょうか」

二十二歳の公務員。

「しろみさん聞いてください。わたしは十歳年上の彼と不倫してます。彼は、奥さんと別れるようなことをいいますが、なかなか別れません。わたしのことはほんとに愛してくれますが、わたしはなんだかいつも受け身で待つしかないのです。以前、奥さんに携帯をみられたそうで、こちらからは連絡できません。待っている時間が苦しくて、手首を切ったり食べすぎたりします。十五キロ太りました」

四十代で、子どもが二人いる離婚経験者。

「恋愛なんて小説やドラマの話で、わたしの人生には無縁と思っていたら、突然すべてを慰めてくれる人が現れました。でも相手には家庭がありました。会える喜びよりも、会えない時間の、のたうちまわるような苦しみがつらくて、とうとう別れました。それ以来心が落ち着きません。朝から晩まで涙が出て、どうしたらいいかわかりません。子どもを育てるためにもこのままじゃいけないと思うのですが」


おっとだんだん、待つつらさが不倫の切なさにすり変わってきちゃったねえ。それもそのはず、同じものです。その二つに通底してるものてえと、「待つ」ですよ。待ってるとね、自分に、自信が、なくなってきちゃうんだ。女の普遍的な問題です。みんな、みんな悩んでいます。どうして、男ってわかんないのかなと思うくらい。なぜ男は違うのだろう。でね、あたしゃ横町の兄さんにきいてみました。

「兄さんいますか、もうあたしはね、きょうてえきょうは、ふんッとに、愛想もこそも尽き果てましたッ」

「ええ、なんだい、しょうがねえね、のべつなんだからな」

「メールが来ないんですよッ」

「これえだもおめえ、そんなことといってたじゃねえか、来ねえ来ねえっていっときながら、来たとたんにぴたーっといわなくなっちゃった」

「でもまた来ないんですよッ、もうあたしゃね、あの人に女がいるんじゃないか、あたしのことなんか好きじゃないんじゃないかと千々にみだれてねえッ。ねえ兄さん、なんでかわかりますか、なんで男はメールを書かなくって女はメールを待ってるんですかねえ」

「そりゃァおめえ、人とのかかわりかたが違うんだな。女同士のつきあいてえものは、たいていがしゃべるか食うかだ。食いながらもしゃべるんだ。男同士のつきあいってぃやァ餓鬼んときから、いっしょに野球を見るとか、釣りに行くとかだな。野球や釣りィ行ってね、並んで坐ってね、『ナイスキャッチ!』とか、『餌は何?』とか、そンくらいしかしゃべらねえね。いっしょに何時間もいるんだから、そのあと電話して、いい試合だったなあとか、でかいの逃したなあとか、語り合おうた思わねえ。え? セックスてえのはふたァりでやるもんだ、ふたァりでやったのは確かなんだからよ、次の日に、やりましたねッてメールする必要はねえんだ。え? 信じるもの日々に疎しっていうじゃねえかよ」

「でも兄さん、むかァしの平家物語やなんかじゃ、男が女のとこに忍んでいってね、エッチつきの一泊したあとは、手紙をやりとりしてたんでしょ」

「お、よく知ってやがんね、だけど平家はねえやな、源氏だよ。忍んでもねえやな。あれァああいう風習だったんだい、男が女のうちに行くってのァ。エッチつきの一泊なんてったら、おめえそれじゃラブホじゃねえか。エッチなんてことばも使うんじゃねえやい。それじゃ援交だよ」

「いまどきみんな使ってますよう。おまんこよりいいじゃないの、しんがあってさ。でもそのなんだったか、一泊した次の朝、木綿木綿？」

「きぬだよ、ばかやろッ、きぬぎぬの朝ッ。豆腐じゃねんだからよ」

「それそれ。それでね、男のほうから手紙を書いてね、ゆんべはすごーくよかったよなんてえことを書いたってえあたしゃききましたよ、しゃくにん一首なんてね、どれもこれも、そういう、エッチのあとの感想だってえじゃないですか。むかしの男はなんで今の男より筆まめだったんでしょうねえ」

「それァね、おめえ、昔の男も、筆無精だったんだい、文《ふみ》はやりたし書く手は持たずっていうじゃねえか、え？　男という男が、だーれも書かないだろ、そしたら女という女が、みィんないらいらして怒っちまったい。それじゃなくても男の方から通って来る風習だから、来ねえと女はやきもきするんだな。藤原のなんとかの母とか、なんとかの娘とか、やきもきしすぎて、みィんな怒っちまったン。そいで、紫式部てえ女が先頭にたって、きまりをつくったんだ、それが、『セックスしたあとは男は女に必ず手紙を書くべし』てえン。きまりがつくらいちゃったら、もう男は書くしかしょうがねえやな。それが十七条の憲法の第二十四条めに入ってるてえンだ」

ええ、むちゃくちゃですが。こんなものァ信じちゃいけない。

女のほうが男より、口数が多いってのは、うそだ、とこないだもどっかの大学の研究で証明されたばっかしです。いや、これァほんとの話で。でもやっぱりそれでも、女はメールを待つし、男はメールを書かないんです。

女は男からのメールを待つことがたやすく人生の中心になっちゃうし、どうも、男はならないようなんです。そしてそれは、きっと、普遍的。その待つ苦しみを、男は、わかってるんだろうか。男ってすごォく誠実で、わかろうとしてるとしますよ、しますけどね、きっとわかンないんだな。ええ。いちど女になってみやがれ、と思うのはこういうときですよ。

四十代の、二人子持ちの人に書いた回答だけ、紹介しておきますね。

「会える喜びよりも、会えない時間ののたうちまわるような苦しみ。あたしの周囲にもあたしを含めてこれで苦しんできた女が何人もおります。性格や年齢に関係なく、とても苦しいことですわね。で、提案です。どれくらい苦しいかによります。苦しすぎる、執着のあまりにストーカー状態、会えばケンカなんていう関係ならば、おすすめしません。このままじっと死んだふりをして、目先のことで気を紛らしながら、生きていくことをおすすめします。でもそうでなく、なんとか我慢できる、苦しみより楽しみのほうがややまさるのなら、あたしは、彼とよりをもどすことをおすすめします。結婚や家庭作りに夢も希望もある二十代ならともかくも、もう四十代。すべての関係の結末に家庭の幸福があるなんてことはありえないと、カラダで知っておりますよ。男にむちゅうになることと、子どもをちゃんと育てることを、両立できる分別も能力もありましょう。ならば、この今の自分を保つために、自分をだましだまし、関係をつづけるんですよ。そのうちに年齢も環境も変化してきます。子どもたちも大きくなります。今ほどのたうちまわらなくなる日がかならず来ます。自分が自分であるためにだけでも、そういう男は必要だ。家庭のある男が、どういう気持ちで家庭外の女と会ってるか。こののたうちまわる苦しみを男ども経験してみやがれと思うけど、もしかして経験してるのかもしれません。経験しててほしいと思います」

バレリーさんが次に叫んだのは、例の某紙の身の上相談の担当の記者さんのメール。

「伊藤さん、今日はめずらしいことがありましたよ。相談者が直接本社に見えました。しかもおはぎを持ってきてくださいました」

相談の内容は、前の待つ女たちに比べれば、のどかな、しあわせな、おだやかなもんだったけど、六十七歳の女が、しとりで新聞社を、おはぎを持って訪れるという、それを聞いてね、あたしは、この人の、身の焦げた匂いもかぎ取ったように感じて何かしてあげたいと心から思ったンｊ。

夫は十年前に亡くなって一人暮らしのこの人は、一年ほど前から健康ウォーキングで知り合った七十歳独身と仲良くなったが、まだプラトニック。でも、彼は男女の仲になり、できれば同居をしたいと思っている。彼女も、恋心はつのっているが、遺産狙いと疑われたらいやだし、市内に住む子どもや孫に迷惑はかけたくはなし。

「会えなくて残念でしたけど、会えたら会えたで恥ずかしい、よろしくお伝えください、とのことでしたよ。おはぎ、クール便でお送りしようと思ってたら、ちょっと目を離したすきに、文化部内の甘党が食べちゃいました。でも伊藤さん、たしかビール好きの辛党でしたよね」と担当記者さんのメールでした。

前にも、読者に、何かもらったなァと思い出したのは「二千円」。

あのときは、たしか「二人の男に愛されてこまっちゃう」てえ相談だった。あたしゃその直前に親がたおれて、介護生活のまっただ中だったし、車は事故って廃車になるし、夫とは大ゲンカするし、財布は落っことすし、さんざんだったときで、「あたしゃ今、自分の生活に四苦八苦してて、こんな相談にのってらんないんですよッ」って相談の回答にかいちゃった。まあ、しどい回答者もいたもんで。

そしたら匿名の読者から封筒がとどいて、

「しろみさま。いつもありがとう、楽しみに読んでます。そしたらなんと、今回はしろみさまの危機。何にもできないけどせめてもの二千円。これならお礼も気にならないでしょ」

うれしかったねえ。あたしゃその日、その二千円をにぎりしめて、娘と二人で「ガスト」に行って、おいしいものを食べました。読者が、すぐ隣にいて励ましてくれてるようで、なんとも不思議なあったかい経験でした。

そしたらこんだァ、おはぎです。

「ビールは大好きだけど、アリンコのような甘いもの好きでもありまして、とくにおはぎには目がありません」と記者さんには返信し、食べられてしまったおはぎと、食べたに相違ない記者さんを恨みつつ、あたしゃ考えた。

〽いのち短し恋せよおとめ

何をためらってんのッていってあげたい。しかしたしかに、遺産狙いと思う親族がいないともかぎらない。たぶんこの人は、ほんの数週間前に来たこんな相談を読んだにちがいないんです。

「父親が小料理屋経営の女性と恋愛して、再婚したがっています。長兄は猛反対で、遺産狙いだといっています。次兄は立場をはっきりせず、わたしは父のしあわせを思えば再婚したほうがいいと思うのですが、夫は、ほっとけおまえの出る幕ではないといいます。どうしたらいいでしょう」(三十四歳)

父の恋路をじゃまするおにいさんは野暮ですねえ、とあたしは書いたんですけども。しかしやはり現実の問題です。まわりの誰それに聞いてみても、遺産の分配というのは、やはり生臭いしこりを親族の間につくるようです。ええ、いやなものですが。

それなら、結婚しないで同居すればいいようだけども、もしこの男と女が、仲むつまじく暮らして、どっちかがどっちかを最期まで看取ったとする。そのとき、なんにも残らないてんじゃあんまりです。弁護士にききますと、そういうときは遺言状《いいごんじょう》といいますね。

遺言状の威力はすごい。あたしなんざ、おとっつぁんの遺言で、「運転中は右折しちゃいけねえ」っていわれてエるから、いまでも右折ができない。

遺産分配と遺言状はこっちイ置いといて。

やりたいことがあったら思いっきりやってみて、だめならしき返せばいいじゃないかと、あたしは思うんです。やってみて後悔するのと、やらないで後悔するのとじゃ、やってみて後悔した方が、自分のためにいいと思うんです。それはもう絶対。二十歳の人にも七十歳の人にも、同じことをいいますよ、あたしは。

「おけつに入らずんば虎児を得ず」てえことわざがございます。ねえ？　これは、切れ痔は痛いものであるが、便を出さないわけにはいかない、てえことですよ。

「家中の栗をしろう」てえのもございます。ねえ？　これは、家の中でしろった栗は、うでてあるからすぐに食べないといけない、てえことですよ。

とにかくそういうことわざがあるくらいだから、結論としては、

〽いのち短し恋せよおとめ

てえことでございます。

この場合、問題は、七十の男が役に立つかどうかだ。

たつんでしょうな。誘うくらいだから。

五十代は五十％、六十代は六十％、七十代は七十％、八十代は八十％、いえ、たたなくなる割合だそうです。なにかで読みました。

女は、てえと、むかし、あたしはある人から聞いたことがありますよ。八十になる芸者さんに、「姐《ねえ》さん、いつまで女はできますか」ってきいたら、姐さん、うふふと笑って、「灰になるまで」ッていったんですと。

話してくれた人は六十くらいの男で、女はいいなあ（怖いなあ）というような口調でしたがね。でも自分が更年期てえ今になってみると、男のお客をよろこばすための姐さ

んのつくり話だったんじゃないかなとも思うンですよ。

閉経後の女は、たいていからッからにしからびてます。しからびちゃって、ちょっと走るとカタカタカタカタ鳴るくらいだそうで。そこに何か入れるてえと、どんな柔らかいもんでも、痛いという。

いや、あたしゃまだ経験してない。

興味もなくなる、というのは何人もが証言してくれました。人生の先輩、といえる女たちが、あたしに。

夫婦がセックスレスになるのも、閉経して「痛い」からてえのが多いとききますね。ま、そこでそうやってやめちゃうのは、その前からもう夫と「愛想もこそも尽き果てて」という関係をもって、痛いのこれさいわいってんで努力しないのが多いんですがね。どんな女も、新しい男、目先の変わった関係だと、ちょっと、これは、濡れます。七十八十になったらば、どうか。知りたいもんです。からからっにしからびちゃっても、男を前にしたらこんこんと湧いてきた、なんてえことがあるか。

あるといいなあと思ってます。

ここであたしがしとつ不安なのは、七十という、その世代の日本の男が、いやさ男たちが、このさい不特定多数の一般論の普遍的事実でものをいえばだ、そこのけそこのけで働く人生を送ってきたその世代の男たちが、老後知り合って、人生をともにしたいと願うようになった女の、からだと心のラブラブに、心をくばってやれるだろうか。

不安です。

ええ、不安です。

すごく不安です。なんにも保証はないからよけい不安です。

少なくとも、おはぎさんのパートナーは、そういうことのできる男であってほしい。若いころはできなくても、年取ったら、できるようになるといい。夢かしら？　七十男も、六十男も、五十男も、いつかきっと勃起力が弱くなる。そのとき、弱まりとともに、考えをあらためて、そういうセックスをできるようになるといい。

だからね、ほんとはおはぎさんじゃなく、その彼氏にむけて、こう書きたかった。百戦錬磨のはずの高齢男に、お尻の赤い五十女がこんなこといっちゃ申し訳ないんですが。

【目的は女の快感であると肝に銘じておくこと】

いやもちろん、男の快感でもあるんですゥといいたいけど、真実は違う。男が自分の快感だけを追求しちゃったら、イケるもんもイケなくなります。

【潤滑ゼリーを必携のこと】

しからびるのは、何も女が悪いんじゃない。生理なんです。年なんです。だからそこを補ってやるために。

【はじめる前にはじゅうぶんいちゃいちゃすること】

俗に前戯といいます。おわった後も、いちゃいちゃすること。俗に後戯といいます。これは、世代を超えたセックスの基本です。

【口の活躍、指の鍛錬】

挿入だけがセックスじゃありませんからねェ。「口」の中には「ほめる」と「キス」も入ってます。

【たたなくなったらためらわず、泌尿器科へ行くこと】

てなことを書きたいと思ったが、やっぱし健全な地方紙だし、ここまで書いちゃったらそれこそほんとの老婆心。

老婆心で、もしとつつけ加えますと、高齢女は、がっつんがっつんのセックスを望んじゃいないと思うんです。いえ、一般的なことを申し上げてェるんで。中にはやりまくりたい方ももちろんおります。一回や二回はそういうのもいいという方もおります。それりゃだれでもそうでしょうけどもねえ。しかし、それだけではない、というのがあたくしの、信ずるところですねえ。

【小さなプレゼントを日々心がけること】

まんじゅうでもケーキでもいい。ミニ観葉の鉢植えでもいい。プレゼントは、会ってないときにもあなたのことを考えてますってえ、意思表示。愛してますって大声でいえない人には、とくにおすすめです。

【女は、いくつになっても、恋愛至上主義者であることをゆめ忘れぬこと】

女は、快感も欲しいけど、それよりももっと欲しいものが必ずある。男はそれに気づいてない。たまには充たしてくれるんだけど、たまたま、知らずに、つい充たしちゃったてえやつだ。

それァ何かってえと、心のラブラブ。

これにかんしては、あたしゃ、一般的なことで例外もあろうなんて軽い気持ちでは申しません。女という女は、老いも若きも、かくじつに、それをもとめている、と断言いたします。

「いのち短し、恋せよおとめ。高齢者の幸福を願うまっとうな社会は、高齢者同士の恋愛をこころよく許容しようという方向へむかっていますよ。人もうらやむ、ラブラブな関係を、彼と築きあげてみせれば、世間も親族もどちらの息子も、あたたかく受けとめてくれるんじゃないでしょうか」とあたしは書いた。

後日、おはぎさんからお礼の電話が、担当記者さんに入ったそうです。

「彼氏にも見せたそうですよ、ゆっくり、あせらず、いい関係をつくっていこうと話し合ったそうですよ」と記者さんがおはぎを食べた口でいってました。

葉月《はづき》――へいけいのこころえ

どうもこの、お暑うございまして。こう暑いと、ちょいと外に出ただけで、化粧がだらだらに落っこっちゃうんですな、どうも。

あたくしくらいの年の女というのは、え、化粧すりゃ妖怪、しなけりゃばばあという、じつに、微妙なとこにおります。

とはいいましてもたいていの女は、この年になりますてえと、もうすっかり海千山千でありまして、妖怪に変化するときもばばあに成るときも、自分の意思で、時と場所を決められる、ええ、夏場以外はできるんです。自分の意思で決められるんでありますから、年を取ったということも、けっして無駄ではなかったのだてえ確信を、持っていたんですけれども、夏場ンなるてえと、もういけません。

どッから見ても白塗りの妖怪、という顔をして外に出る。

途端にだーッと汗が出る。

車に乗りこむとそこァ灼熱ですから、また、だーッと汗が出る。

車から降りれば、そこィまた、だーッと汗が出る。

町の中を歩いたって、だーッと汗が出る。

歩かなくたって、だーッと汗が。この、だーッのたんびに、化粧が、だらだらッだらだらッと、流れて剝《は》げてまいります。

外へ出て、ものの十分もかからずに、妖怪でもばばあでも、どっちでもないものになっちゃうわけでして。ええ。じゃなんだといわれても、わかりません。自分でも、いったい自分が何で、どこへ行くのか、何に成るのか、わかりません。

ずっと女をやってきました。女であるてえことが、生きるための、拠りどころでもありました。それがどうも、まもなく、女でもなくなるようだし、じゃ何になるんだろう、いまさらちんちんが生えてきたって困ります、生えてくるわけないが、ねえ、女でもない、男でもない、何なんだろうてえ、この、不安。

更年期、閉経で、ございます。

いったい自分が何で、どこへ行くのか、何に成るのか。

むかァしにも、こんな思いをしましたよ。

思い出します、思春期を。こないだもこんなのがたてつづけに来た。

「進路指導の調査で、いったい自分が何になりたくて、何に向いているのかわからなかった。白紙で出したら親を呼ばれました」（十五歳）

「学校と聞くといらいらして、学校に行けません。無意識のうちに頭の後ろの髪の毛を抜いてしまってはげになりました」（十四歳）

「友達の前の自分って、自分じゃないと思います。ときどきわからなくなります。この間は、右、左と交互に足を出す歩き方が、わからなくなりました。みんなに、へんな歩き方しているといわれました。それから、まばたきしているなと思ったら気になってまばたきができなくなって、困りました。しろみさん、いったいわたしは何なんでしょう」（十三歳）

ええ、わかりますよ。すごーくわかる。

あたしゃ十二の年に初潮があったんですが、あの頃ァむくむく大きくなる乳房がものすごく重たくて、いやでいやで、切り取って捨てたいくらいで、「せーり」のことも、暗い、うっとうしい、いやなことばっかり聞いてましたから、怖ろしく、友達と顔を合わせりゃ「はじまった？」「はじまった？」とのべつ聞きあったもんです。あの頃始まったあれが、今、終わろうとしております。ながァい間、つきあってきたもンで。え、色々と、この、お世話になりまして。今、友達と顔を合わせりゃ「終わった？」「終わった？」と聞きあって……ええ、のべつに。まったく、ちっとも進歩してません。違うのは、あの頃は不安と絶望がないまぜになった好奇心だったのに、今あるのは、もっとさばさばッとした、少しだけ寂しさは入ってェるが、根本は、明るい好奇心だてえところです。

ええ。ほんとに。

ながァいつきあいの間には、うっとうしいと思うことの方が多かったですねえ。朝起きたら血だまりだったりね、プールサイドで垂れてンのを気づかずにいて、見ず知らずの人《しと》に「生理ですよ」って教えられたりねえ。

月経痛てえのも、つらかった。起きてても痛いし寝てても痛い。切り傷とも虫歯とも胃炎とも違って、なんというか、こう、底意地の悪い、しつこい痛みです。腹の奥に、女がしとり、じっと蹲《うずくま》ってエてね、月経になるたんびに恨みをこめて、きゅうーっとつねってンじゃないかと、思うような痛さです。

その女の恨みてえのは、しとりの女の恨みじゃないン、何百年、何千年も、世代を超えてな、積もり積もった恨みなんです。きゅうーっとつねりあげることで、それをからだで伝えていこうてえ、ええ。

ホラーだね、これじゃ。

こんなものなけりゃいいと思うんですが、来ないと、また寂しい。摂食障害とかいたしますと、なくなっちゃうんですが、それはそれで、寂しいン。

月の半ばに、ちょいとうっかりナニをやっちゃいます。ええ、中で。するってえと今度は、次の月経を見るまでは落ち着かない。どうぞ来てくれ、来てくれと、先月まではあんなにいやがっていたものを、てのひらを返したように、待ち望んじゃったりいたしますすねえ。そして遠くから、どォんどォんと、大太鼓が腹の底を叩きはじめたような感覚があって、ようく知った感覚で、だけども、近くに来るまではそれがあれだとは気がつかないン。お？　なんだろな、と耳を澄ませてェるってえと、あの、きゅうーっとつねらいるような、腹の奥の痛みがやってきてね、便器に滴る血を見たときには思わず、

おお、しばらく。

と、そのうれしさは、何物にも代えがたいですねえ。で、とうとう来なかったときの絶望感も、ええ、また、何物にも代えがたい……。

そんな月経ですが、子どもを一回産んでみたら、こんだァもう無条件にありがたくなってくるンですねえ。だってね、あれがあるから子どもができる。経血が子どもになるわけじゃないけどね、仕組みは、まあ、そんなようなもんだ。あかんぼの、小さなてのひらだの、あの乳臭いニオイだの、思い出すともうぞくぞくっとしちゃってね、経血のしみこんだナプキンまで、かわい〜くなっちゃって、汚物入れの前で、あばばば、とあ

やしたり……って、そんなことはない。

あればうっとうしいけど、なけりゃ寂しい。ありゃ妊娠しちゃうけど、なくなれば、もう、産めなくなる。長々とお世話ンなってきた、男てえものと、おんなしだなあと思えば、いとおしいやらにくたらしいやら。

お別れです、もうすぐ。

「しろみさん、聞いてください。このごろ着るものが似合わなくなってまごついています。ここ数年で多少は太りましたが（二キロくらい）体形が変わるほどではありません。でもなんだか服はきつくなってるし、顔が浮いたようになってしまいます」（四十五歳）

これも。

「このごろ人に出会うたびに、太った、太ったといわれます。それがいやでいやでたまりません。太ったのは事実なんですが。わたしは今、親の介護でとても忙しいのですが、太ってきたのは、故郷に住む親の介護に通うようになった二年くらい前からです。ストレスからだと思うんです。かといって、毎日疲れはてていますから、運動などをする時間も気力もありません」（五十二歳）

まったく。人ごとじゃありません。

こないだネットで、伊藤しろみ、むかしは若くてかわいかったが、今は老けこんじゃってすっかりばばあだ、てえサイトをみつけまして、ま、新刊本を購入してくれて、写真の載った雑誌も読んでくれてその上ほめてあったからよかったものの、ほめてなかったら、どうしてくれよう……ええ、特大の中華鍋を煙がぼうぼう出るまで熱しましてな、それを振りかざして冷めないうちに怒鳴り込んでいくところですな。

その写真は……身に覚えがございます。

あたしゃそのとき、髪の毛を伸ばしっぱなしで、背中までとどくやつを、しっつめにして、後ろでくるくるっとまとめてました。白髪も、だいぶ目立っておりました。それから古着屋で買った「道中着」てえやつを、着物の上に羽織るうわっぱりみたようなものでございますが、そんなものを、羽織っておりました。

え、古着です。年寄りの着てたやつを、亡くなったかなんかで家族が処分したものじゃないかと思うんです。こう地味ィな色合いで、八十歳老女が老人会の観劇ツアーに着ていくような、加齢臭がすみずみまでしみこんで、インド人もびっくりするような、そんなしろもの。

え、白髪のほうも。

この頃は、鬢《びん》だろうが、したいの生え際だろうが、所かまわず生えてくる。しかもそれが、ふつうの髪の毛より、ちぢれて、剛《かた》くて、突っ立ってェる。ちぢれて、剛くて、突っ立ってェる毛ッたら、陰毛ですよ。なんですか鬢のあたりが、ぜんぶ陰毛になって、まっ白になって、ぼうぼう生えてるような気がする凄まじさ。老けこんじゃってすっかり、といわれたって否定しようがないてえのは、自分でもわかっておりました。

この頃、暑さが身に沁みます。からだ全体がこたつになっちゃったみたいに、ぽっぽぽっぽとあったまっている。温暖化のせいかと思ったけど、どうもそれだけじゃないようだ。というのも一緒に暮らす夫が寒がってますからねえ。

冬場、寒いってんで夫が暖房をつけます。それをあたしが、「こんなに暑くすることァないじゃないかね、もったいない」と消してまわる。ところが夫は、「人が寒がってるのになんで消しゃがる」とまたつけます。それで、こちらもまた消します。またつけます。消します。つけます。消します。

と、これはうわさに聞く、更年期の「ほてり」じゃないかとあたしが気がつくまで、つけた消したで、何度もめたことか。

人は寒くても、あたしは暑くてしょうがない。でも足が冷えてしょうがないから、ベッドの中では、あっちが裸同然で寝てるのにこっちは冬山登山ですな、毛の靴下はいて電気あんか抱えて、アイゼン装着してピッケル持ってな。どうも。え、これじゃァ、はじめっから近づく気が起こらない。

足の先は冷えきってても体は暑い。なるたけ薄手のものを、着たい。ほんとは靴下だけはいてあとは裸で……ってわけにはいかないのが、ええ、この年の、次の問題だ。つまり、いつのまにか、人に見せらいるようなものでは、なくなってェた……。

からだが、ええ、からだというより、かたまり、という……。

ええ。つまり、太ってきたんですな、かなり、ええ、だいぶ、太りまして、からだの線、とくにこの、うう、二の腕ンところが、がばりと肉づき、しかも中身がぜェんぶ半解けの脂肪ときております、そこがぷるんぷるん、いやぷるんぷるんならかわいげもあるが、ぶるるんぶるるんと重たげに揺れる。それを、人に、見せたくない。

それから二の腕の裏ッ側、肩胛骨がむかァしあったあたり、ええ、今は影も形もなくなっちゃって、代わりに肉がたっぷりついてます。そこから背中にかけての半身が、これまたいい具合に、霜降りになってきた。ええ。そこも、見せたくない。

しかも腹回りにどういうわけか肉が集まる。集まらなくていいのに集まって、大海原に大波のたゆたうように、たぷたぷたぷたぷ……。ええ、そこも、ぜったい、人に、見せたくない。

「このごろ太っちゃって」と夫に水を向けて同意をもとめたって、うちの夫ァなかなかいいませんよ。

「いやいや、大丈夫大丈夫」

かなんかいってて、ほんとのことはしとっつもいいません。それというのもいつだったか、あたしが意地ンなってね、

「そんなこといってないでよく見ておくれよゥ、ほらァおまいさん、あたしゃ太りましたよ、ほら、こんなに太りました」と腹や腕をぺろんぺろんと見せたところ、

「お、おう、たしかに太ったなァ」

と認めたがために、あたしにとことん恨まれて、それから二、三日、口をきいてもらえなかったてえ経験があるからですねえ。

【教訓その一】夫は、妻が太ったということを内心どんなに確信していても、妻の前ではけっして口に出してはいけません。

「太った」ということばほど、全年齢的に人を傷つけることばはほかにありません。ありませんけどね、更年期の女は、ほかの年代の女より、もっとこう、いったい自分が何で、どこへ行くのか、何に成るのかてえことに悩んでるんで、禁句なんです。それに更年期の女は、ヤセたくてもなかなかヤセないから、いうだけむだだてえ説もある。

ええ。

夫が認めようが認めまいが、むかし着てェた服は着られません。色も柄も、かたちそのものも、若い女が着るようにできてる服です。背中に肉のついてない、腰回りのしまった、腹回りもたぽついてない若い女。……あたくしなぞが袖を通します。するてえと腕回りから背中にかけて、ピシピシピシピシッと亀裂が入りますねえ。これァその、背中にこびりついた、あぶらみのせいですな。本人はようくわかっております。

その上この頃、なんだか肩が重たくて、ブラジャーてえものをつけたくない。

これもあぶらみのせいですよ、あぶらみが増えたぶん、筋肉がすっかり落ちました。むかし若い女だったときは、ノーブラ乳首丸出しで出歩いてたもんですが、あのころは若かったから、乳首がこのへんにありました。今は、ぐーっと下がって、ここらへんですな、しかもこう重たく垂れておりまして、乳首がここと ォ、ええ、このへんにィ（とわき腹の上をさししめし）、ぽっつん、またぽっつんと見えてェたりね。ええ。

祇園精舎の鐘の音が、ぼォォん、ぼん。

諸行無常のしびきが、ずゥゥん、ずん。

いっそ何か上からおおうものが欲しい。からだ全体をゆったりと。二の腕を隠し、腹回りを隠し、そうして乳房を隠すもの。昔ながらの割烹着とかな。袈裟《けさ》とかな。いやむしろ、風呂敷《ふるしき》のようなものを、こう、すっぽり。

風呂敷かぶってよそィ出かけるわけにもいきませんからねえ。あたしが古着屋で、あの道中着をみつけて、これなら隠せると思ったのも、そういうわけだったんです。

これはあたくしだけの問題じゃありません。

中年女性用のお店に行ってごらんなさい、あるんですよ、そういう細かい注文にいちいち応えて、まだおつりの来るような上衣《うわぎ》やスカートが。

いくつか流派があってな、ある人はエスニックに走る。

エスニック風はゆったりしてますし、日本のふつうの現代生活の中でこまかく規定されてる「生き方」てえところから、しょいと、抜け出られる自由さが感じられる。あたしが愛用してる古着屋の和装ものも、その仲間ですな。

ある人は、シワ製品だ。イッセイ・ミヤケかなんかではじまって、今や中年女用服飾業界を席捲しているあれです。自由自在にのびちぢみするから、こういう体型にはいたって着心地がいい。しかしシワシワな分、デザインが、かっちりとしている。着るてえと、こう、トランプの女王が歩《ある》ってるような、そんなふんいきだ。

ある人は、絹物に固執する。柔らかくて自由自在だ。

ある人は、少女趣味な花柄やレースつきを、昔着られなかった腹いせに、着たおす。

動物柄はいわずもがな。内なる欲望を、押し殺してきたせいだ。

スカートは、どれも長くて、下半身がずぼりと隠れて、ウエストはゴムだ。

上衣は、背中から袖まわりに余裕があって、長めだから、腰が隠れる。腕が隠れる。腹が隠れる。胸元が隠れる。

隠す。おおう。それが基本だ。ていのいい風呂敷ですよ。

おねだんは、お高いです。品質《もの》はばかに良いんですけども、中年女の足元ォ見られて、ボッたくられてるような気がする。

以前《まい》よく買ったお店にはこのごろ着たいものがない、おかしいなあどうしたんだろうと思いつつ、こないだまで「中年のおばさん用」と思っていた店先に、ふと、着られそうなものを見つけたとき……。ずるずる入っていって、同年配の店員に応対されて、ええ、しき返せない道に一歩踏み出したてえことを知る。

みんな「あたしはあたし」と思ってェる。自分の「若くなさ」と戦って工夫してェる。若いころみたいな窮屈な思いはもういいから、もう少し自分らしく、快適に行きたいと工夫してェる。つまりみんな同じ条件で着るものを選ぶから、みんな似てくる。

靴も、ヒールの太い、しっかりと足をおおう、外反母趾なんか夢にも気にならないような幅広の靴で、あたまはパーマのかかったショートヘアだ。

更年期の女が、たいてい短髪の断髪で、宝塚の男役みたいなのは、これはなぜか。

白髪染めだなんだと美容院に行く機会も多くなり、少しずつ切ってるうちにどんどん短くなっちゃうのかなと、以前《まい》は考えてました。

このごろは、そこに女の意思がある、と思ってます。女たちは、みんなりりしくなりたいんじゃないかと思ってます。「女」として生きてきた、その過去も記憶も、捨てて、捨てて、捨てて、さっぱり、月経とともに「女らしさ」も捨てる覚悟があるんじゃないか。

あたしの母親は、病院で寝たきりンなっておりますが。その頭ァ病院出入りの床屋さんが、「寝たきり仕様」といいますか、ざっくり、と角刈りみたいに刈り込んでます。これァこれで、おむつはずし中の保育園児の「女児も男児もズボン着用」のように、世話のしやすさが理由なんでしょうが、しょっちゅう美容院に通って身ぎれいにしてた人なのにあわれだなと思う反面、いさぎよさも感じますね。

この母親も、更年期すぎてからこっち、もうずっと、宝塚の男役みたいなベリーショートであった。いつもいつも女を捨てたがって身もだえしてェるように、あたしからは見えた。それがとうとう、ここまで来た、やっと女をざっくり捨てられたと思うと、よくがんばったとほめてやりたくなるじゃありませんか。

あたくしは今、ピーリングてえのをしております。

つまり顔の皮を、化粧品をつかって剝《む》こうという試みだ。

もとはといえば三年前、ある人に、「あら、シミがある」といわれたンです。

他人の顔に、シミがあろうがなかろうが、かまわないではないかと思うんですが、世間にはいわずにおれない人がいるんでございます。

ええ、自分でも気がついておりました。

シミがある。

前からあったのが増え広がり、どこかの地図のように、だんだらに浮かびあがってきたてえことも、気づいておりました。これァどッかに埋蔵金がと、冗談をいってる場合ではありません。それ以来、気になって気になって気になって。

シミがある。

シミがある。

シミがある。

シミがある。

いわれなきゃよかったんだが、なまじいわれちゃったものだから、気になって気になって気になって気になって。

「ねえ、ちょいとおまいさん、気にならないかい、このシミ、ねえってば？」

そう夫にいうんですが、体重で懲《こ》りた夫は、

「そりゃシミじゃねえやな、ソバカスだよ、女のソバカスてえのはかわいいもんだよ、おれァ大好きだね、昔ッからソバカスと金は多い方がいいってきまってらあ、ああ、おめえくらいいい女はないよ、え、ソバカスがいっぱいあってさ、はは、おれァ大好きだ」

【教訓その二】夫は、更年期の妻の顔のシミには気がつかないふりをするか、気がついても、金輪際、ソバカスといいくるめないといけません。

しかしふしぎなのはここなンです。

うちの亭主の好きな赤烏帽子《えぼし》といいますがえ。亭主が、ソバカスはかわいいといってんだから、ああ、ソバカスがあってよかったなあと思えば、いんですよ。とりあえず他所《よそ》に男をつくる気がないんだから、そうでしょ？　ところが、どういうわけか、そうは思えない。それであたしは考えた。キレイになりたいというその欲望は、まさにわが内にあり。

キレイとは、つれあいである夫の目ではなくて、男の目ですらなくて、よその女の目を基準につくられているのだという真理を、発見しました。

くじゃくの羽や猿のお尻の赤いのは、あれァ異性を射止めるためのものでしょ。ところがワレワレが、シミを気にしたり高い服を買ったりするのは、猿のマウンティング行動みたいなものだったんですねえ。

わかります？　つまり、どっちが上位かてえことだ。

シミは、あるより無い方が、もちろん上位ですな。シミが無いてえと、下位のものに、ノミも取ってもらえる。


ご近所に、「藪井《やぶい》皮膚科医院」てえお医者があります。そこに行けば、なおるかもしれないと、あたしは近所の奥さんたちにききました。それによると、藪井さんの奥さんが、最近とても肌がキレイなんですと。あれは先生が何か処方したらしいと。いいわねえ、と。で、意を決し、あたしは藪井医院の戸をたたき、こんなシミがあるんですけど、気にしてるんですけど、と見せたら、藪井先生、言下に、

「ああ、これはなおらない」

奈落の底を見た心持ちで、あたしは必死《しっし》に、

「先生、そこをなんとか」

「いや、なおらない。これァ真皮《しんぴ》ですから。生まれたときから、こうなる運命であった」

萎《しお》れかえるあたしに、先生は心をこめて、

「しかしあきらめちゃいけない。かの安西光義《あんざいみつよし》先生、その『あきらめたら、そこで試合終了です』というおことばを、小生は、座右の銘にしておるのです。見てごらん、こういうのがある」

そうして某ピーリング用基礎化粧品のシリーズを、ずらりと並べてみせました。

「これはね、皮を剝いちゃおうッていう劇薬だ。うちのやつを見ましたか？　キレイになってたでしょ？　これを使いました」

あたしの目がきょろきょろしたところへ先生は、

「おねだんは、七万円也」

首を横に振りかけたとこへすかさず先生は、

「洗顔料、化粧水、クリームが、朝用三種に夜用二種。七本で七万円とは、たしかに高い、小生はケチだから、そんなもんはよう買わん、しかしあァたがた女というものは違います、買うときは買う、それだけの度胸がある」

先生、なんだかだんだん調子がついてきた……。

「サア更年期だ、朝に晩に鏡を見ながら、シミがある、シワがある、くすみがある、鏡を見ながら危機感に、タラーリタラーリとアブラ汗を流す、それを下の鉄板にすき取りまして、柳の小枝でもって、三、七、二十一日間、トローリトローリと煮つめても、がまでないから油にならん。

サテお立ち会い。

うちのかみさんも、十円二十円の小銭はケチるくせに、西にあの化粧水がいいという人があれば何をおいてもそれを買い、東にこのクリームが効くという人があればそれも買い、うちじゅう使いかけの化粧品だらけ、しかし、これを使いはじめたら、無駄遣いがぱたりとやまった、一回買えば半年保《も》つ、他の化粧品に目移りしなくなる、二、七、十四日も経てば、うで卵の殻を剥くように、顔がツルリツルリと剝けてくる、サアどうだ、貧者の一燈、奥さんも、お母さんも、今まで家族のためにがんばってきた、今は、自分へのごほうびと思って、どうだ、効能がわかったら、遠慮は無用だ」

なんだかどッかできいたことのあるような口上ですけどねえ。

きいてるうちにふらふらッと気持ちが揺れて、「自分へのごほうび」てえとこにググッときてね、ふふ、ごほうび、あげちゃおうかなッと思いました。

それで始めたピーリング。

藪井先生に注意されたことには、毎朝、所定の化粧品を塗ったあとには、日焼け止めのために、かならず化粧。ところが長年の習慣で、ファウンデーションで白塗りしたら、やっぱり眉毛を補強したくなる。眉毛を描くと、こんどはまぶたに色をつけたくなる。ちょっとだけということができない性分でして、やるからには念入りだ、青だの緑だの黄色だの、やりまして、え、そいからアイラインもしいてみる。するとほかの箇所が白っぽくれて見えるから、頬に赤みをさしてえ、唇を塗ってえ。髪を撫でつけ、ピアスをつけなおし、にっこりと笑ってみる。

こうやって、妖怪ができあがる。

日差しが怖いからね、どこへ行くにも帽子と日傘とスカーフとマスクで重装備してます。いや二十年前だったら、人目が気になってとうていできなかったかっこだけども、ええ、「七万円、七万円」と思えば気にならない。

すこし経ったら、素顔が、ひかひかに渇いてきて、みっともないくらい赤ら顔になりました。それから顔の皮が、ぽろぽろ剝けて落ちました。その顔で、人の中に出なくちゃいけないときには、「七万円、七万円」と、心で唱えておりました。

さらにすこし経ったら、顔がキレイになったと人にいわれました。周囲の女が何人も、負けじと藪井医院に駆け込んでいきました。今頃みんながあちこちで、「七万円、七万円」と、心で唱えているだろう。と思ったところで、次の相談がきた。

「結婚三年目、三十七歳の夫が急にぶくぶく太ってメタボな体形になりました。仕事でお酒ばっかり飲むからだと思います。健康も心配ですが、前はかっこいい人だったのに、雰囲気が変わったのがすごくイヤ。ダイエットにやる気を出させたいのですが、仕事人

間ですし、まったく耳を貸しません」（三十歳）

心配するのはわかる。人生をともにする人が不健康だったら、それは困る。でも、外見の変化をしのごのいってはいけません。家庭のなかでは、あたしたちァみんな自分らしく生きてくべきなんです。

二、三年前のこと。髪を切ってパーマかけて白髪を染めて帰ってきたら、夫がこんなことをいいました。

「おれァおまえの山姥《やまんば》みたいなとこが好きなんだから、前のがよかったのにッてねえ。はははは。のろけです。

今はもうしっ返せない道に入りこんじゃったが、あの頃ァ四十代のごく後半で、まだ道の手前だった。日々増えていく白髪。日々増えていくシミにシワ。そして脂肪。着るものも、似合わなくなりかけた頃でした。もうだめかも、もうだめかも、と毎日思っておりました。

友人たちもみんなそんな思いだったらしくて、あたしが髪を切って染めたてえのも、そういう友人のしとりにすすめられてねェ、連れていかれたンです。あんたあんまり老けてみえるよ、この年になったらもっと身ぎれいにしなきゃだめだわよ、あたしなんか髪も染めてるしエステも行ってンのよって。

ところが誰あろう連れ添う夫が、おめえはおめえのままでいいンだよ、といってくれた。

あたしはあたしよ、という生の基本。

思春期少女みたいに、そこを再確認しました。

これで正々堂々と年を取れる。正々堂々と、あたしのまんまでいさしてくれる、なんという良い男が、たまたまあたしの夫であることか。

はは、のろけですとも。

きのうファミレスでごはん食べてまして。室内がへんに明るいから向かい合った夫の顔がまざまざとそこに。するとなんですな、こっちが更年期のことばかり考えつめているうちに、相手も、同様に、ちゃくちゃくと年取ってきていることに、気がついた。

細かいシワが額のあたりに寄ってるし、シミはあるし（七万かけてピーリングする気もないだろうし）。髪の毛は薄くなってるし、白髪は目立つし、鬢の毛は陰毛みたいに突っ立ってるし。こんな男と幾歳月、何百回じゃきかないセックスをし、子をつくり、いろいろと悶着も起こしつつ、暮らしてきたんだなあと思うと、しき返せない一本道を、ずうっと来ちゃったような感じでねえ。後悔したというか、しないというか。

なんだな、出会う前、さんざんさんざんあそんだらしいこの男も、こんなばばあが相手とは、とうとう年貢の納めどきだなと思うと、いじらしい。

このばばあで我慢せよとあたしがいえば、ふん、と鼻で笑って、おれァ山姥が大好きだと、憎まれ口を叩くはず。あたしだって、おまえ、このじじいで我慢してくれろとこの男にいわれたら、よろこんで我慢する覚悟です。

長月《ながつき》——ちうねんきき

ええ、おなじみさまでございまして、ご機嫌よくのお運びでございまして、あたしもね、ほんとに、ここでこんなことを、わかったふうにいってますけどもォ、ええ、むかしはわるさをいたしました。さんざんいたしてまいりました。あの頃を思い出すと、恥ずかしいやらばからしいやら、居ても立ってもいらンなくなりまして。我慢してねェで、ほら、行ってこいよと、夫にしょっちゅういわれます、ったってトイレじゃないン。

さて、二十代の頃のわるさと申しますと。

セックスは、覚えたてのまっさかり。

自分はてえと、まだなんだかわかんない。

あれですな、自分のわかってないもんにああもんを持たすと、たいへん危険です。危険ですが、あれァあの年頃の方が、当人もやりたいし、まわりもほっとかないときている。

これァ私見でございますが、あの頃は、え、気持ちいいも気持ち悪いも、ありませんでしたね。やりたいも、やりたくないも、なかったんですね。ない、ていうより、ないもあるもわかんない、と申しますか。

じゃなんでやるのかてえと、「そこにあるから」なんですねえ。

そこにある。われわれの性器が。俗におまんこというそれが。

それを使って、人《ひと》とかかわる手段がある。

そしてどうしてもかかわらなくちゃいけない人がいる。

女がしとォりおとなになっていこうとしてるときに、セックスほど、つおい武器はありません。ちょいと、こう、見せびらかしただけでね、向こうはしるむ、目眩《めくら》ましにもなる。ときにはそれで身ィ張って、がちこーんがちこーんとぶつかッていくとなるとォ、ええ、自爆みたようなもんですな。相手をやっつける前にこっちがぼろぼろに傷ついちゃうんですが、それがまたいい。生きてるッてえ実感が、ひし《し》ひし《し》しと感じられる。

ええ。

自傷行為てのがありますね。

若い女の子がよくやってェます。ええ、手首ィ切ったり、毛ェ抜いたり。

食べすぎたり食べなさすぎたりするてえのも、やっぱしあれも、自傷行為ですね。だいたい、今どきの若い女の子で、まともに、食べたいときに食べたいだけ、そして必要なだけ食べられて、太らずに、やせ細らずに、自分が太ってるなんてぜんぜん思わずに、すくすくと育ってェる若い女の子がいましたらね、そういう子は、ええ、馬鹿なんじゃないか。

みんな悩むもんです。みんな、自分が誰だったのかわかんなくなっちゃっててな。自分のからだもどんなだったかわかんなくなっててな。わかんないから、手首切ってな、あ、イタイ、と。髪の毛抜いてな、あ、イタイ、と。イタイから、気づくんです、痛がってるのはアタシだな、あたしは生きてるんだな、と。

そんなことしなくったって、食べて寝てうんこして、しゃべったり動いたりしてるんだから、生きてるってわかりそうなもんですが、若い子は、馬鹿じゃない子もやっぱりどッか馬鹿なもんですから、わかんないンです。あたしも、ええ、馬鹿でしたからねえ。わかンなかったんですよ。ぜんぜん。

セックスてえのも、それと同じと思ってます。ね、自傷行為。

刃物ですっすっと切るかわりにですな、ペニスてえものをからだン中に入れちまう。あ、イタイ、とそこまではおんなしなんですが、こっちは痛いだけじゃなくて気持ちもいい。痛い、気持ちいい、痛い、気持ちいい、で、「いたぎもちいい」てやつです。

食べるのも、手首切りも、毛を抜くのも、じつはみィんな「いたぎもちいい」んでね、も、やめらんなくなっちゃうンです。

キスだってそうですねえ。やる前は、いやだそんな気持ちの悪い、人のよだれを吸うなんて、臭くってべろべろして、かなんかいってますけども、やってみるてえと、案外と悪くない、というかべろべろがなかなかおもしろい。うっとりするかもしれない。たゆたうようなてえのはこういうことかな、なんてね、思いながらべろべろされてますてえと、たいへん、この、悪くないどころか、気持ちいい。その上、キスなんかしようってのはたいていてい好きな男だから、好きな男とこんなにしっついいてるてえヨロコビが、だれや粘膜を乗り越えてやってくる。うれしい。とてもうれしい。ならばいっそもっとべろべろした、もっと臭くてねちねちしたとこまで……てえことになる。そしたらもっとうれしい。

ただのセックスも充分自爆攻撃みたいなもんなんだが、不倫。これがまた、爆発力も、破壊力も強く、たいへん「いたぎもちいい」上に、依存性がある。やめられないとまらない。どっかのえびせんと同じですな。

「しろみさん、苦しいです。彼は同僚で、前は上司でしたが、今は部署が変わって少し離れました。でも秘密に会いつづけています。先日、二回目の中絶手術をしました。わたしは彼をものすごく愛しています。こんなに人を愛したのは初めてなんです。彼は、奥さんと別れる別れるといいながら、なかなか別れてくれません。はじめは、泥沼はいやだと思って、それなりに身を律してきたんですが、この頃あんまり苦しくて、彼の家に電話してしまったり、彼と会うたびにこのことでもめたりします。奥さんにも知られました。知られたら別れてくれるかと思ったんですけど、別れません。ますます連絡が取りにくくなってわたしはどうしたらいいか、わからないんです」（二十三歳）

こんな男、しとのもんなんだから、スッキリやめちゃうのがいちばんいいんだが、銭形平次が銭投げて「待てー」っていっても相手は待たないようにね、不倫する女も、「やめなさいッ」ていわれて、「はいさいですか」ってやめるわけがない。

同じようにやめられない摂食障害やアルコール依存には、助け合う集まりがあって、キチンと機能してェる。ああいうふうに自助組織をつくって、みんなで集まって輪になって「上司と不倫のしろみです」「ハイ、しろみ！」なんてえぐあいにな、どうどうと、うちあけられたらいいんじゃないかと思います。

でもできません。

不倫てえのは、ひみつにしとくのが基本だから。

ひみつをバラして困るのは妻帯者の方なのに、律儀に女の方もひみつを守って、にっちもさっちもいかなくなる。

「せめて、友だちにいいまくりましょう。ひとりの友だちじゃ重たすぎて支えきれないから、何人もに分散して。つらくてたまらなくなったら、友だちに順番に電話して話していくの」とあたしは書いた。

「でもね、そのカレは、あなたをパートナーとして選んでないんですよ。男としちゃ致命的な欠点を持ってるってことを忘れないようにね」

なんで若い女が不倫するのかてえことより、あたしが知りたいのは、いい男はなんでみんな妻帯者なのかってえことです。うむ。これは、たくさんの女にきかれましたね。なんででしょう。みんな不思議に思ってるン。

きっといい男てえのは、早々にツバつけらいちゃうんです。いい男を見たら、二十代くらいで、早いとこツバをつけとかなきゃいけないんです。まだ若いのもっと選びたいのいってないで。

さて、三十代。結婚する人はしちゃってる、子どもはいる、生活はある、男は、いい男だなッて思ってツバつけたやつが、うちン中で、ぐたあっのべえっと、いわいる、亭主てえもんになって、色気もへったくれもなくなってェる。そこでまた別のわるさをしたい気持ちが、むくむくと、ええ、むくむくとォ、この、沸きおこってくる。で、あた

しんとこに来ました相談も、
「すきなひとがいます。以下略」(三十二歳)
「すきなひとがいるんです。以下略」(三十九歳)
「すきなひとができました。以下略」(三十四歳)
ちうがくせいか、あんたらは。
次に出てくることばは、「くそばばあ」とか「むかつく」とかじゃないかと疑いたくなるよな悩みであります。
いや、じっさい、この次、四十代になりますと、出てくることばはおうおうにして、「ほっとけ」「むかつく」になるんですがね。今はまだ三十代、嵐の前、むくむくと暗雲が立ちこめ、生暖かい風がひゅううう、揺さぶられた草木が、ざわざわざわッ、ざわざわざわッ、そんな不穏な時期なのでありますねえ。
その根本にあるのは、安定したものをぶち壊したいてえ衝動なんですが、まだ気づいていらっしゃらない。ね?
安定した家庭生活の裏にあるのは、だれてきた夫婦生活で、だれてきた夫婦生活の裏にはまだみゃくみゃくと、エエ一句、「産めるなら産んでおきたい子孫かな」という生物学的な欲望。その基本は、強い男の子どもを産む、てえ動物全般共通した基本であります。

でェ、うちン中では、ぐたあっのべえっとしてるあの男、あれじゃ弱いと知らず知らずのうちに見極めて、どっかに強い男はいないかと、無意識ながら物色してェる。ええ、無意識なんですよ。ほほ、まだ奥のほーで、うごめいてェるだけの無意識なんですけどね。

あとですね、セックスも知ってりゃ子どもも産んでるいい年の女が「すきなひと」だなんだと、少女漫画みたいなことをいってるのは、これァきちんと恋愛してないからだとあたしは見ました。一回思いっきりまじまじと恋愛してごらんなさい。そのあとは、草いっぽん生えないねッ。一切の幻想を、抱かなくなっちゃうンです。

忘れもしない、少女漫画を浴びるように読んでたあたしが、ぴたりと読まなくなった三十代の後半四十前。え、ちょいと間違いをいたしまして。めくるめく恋愛にはまりこんじまいまして。ええ。恋愛てのは、なんだな、事実は漫画よりもっとずっと奇なりとしみじみ思った。漫画読んでるより自分で恋愛してた方がずっとはらはらしてどきどきする。生活は破綻する。家庭は崩壊する。もうげっぷが出るくらい、さんざッぱら恋愛いたしまして。なーんの幻想もなくなりまして。もういいや、そう思いつつ、まだ一緒におりますねえ。

ええ。そうしまして四十代。わるさにもぐっと必然性が出てきます。三十代の頃からなんとなくただよっていた不穏な感じが、日に日に強くなってくる。

ここに、厄《やく》というものがございます。

女も男もなく、のべにいたしますと、十九、二十五、三十三、三十七、四十二、六十一が本厄と、こうある。厄には前厄と後厄がありますから、つまり十八と十九と二十と二十四と二十五と二十六と三十二と三十三と三十四と三十六と三十七と三十八と四十一と四十二と四十三と六十と六十一と六十二とが、はー、息が切れました、みィんな、厄なんです。なんでもかんでも厄とさえいっとけば間違いはない。厄でない年の方が少ないくらい。

若い頃のはどうでもいい。ここであたしが問題にしたいのは、中年にさしかかってからの本厄です。英語でいうと、ミッドライフ・クライシス、中国語でいうと、四十而不惑。

四十にして惑わず、てえますがね、孔子様てえ人が天邪鬼《あまんじやく》でね、ほんとは惑うから、わざわざ惑わないッていったてえン。惑っちゃうんです。いちばん惑っちゃうんです、四十の頃が。

いいえ、惑うことにかけては、いつの時代も惑ってんですが、四十になってきますてえと、失うもんが多くなってきましょ？　家庭とかな。家族とかな。仕事とかな。もう十年二十年持ちつづけてきたものにいきなり疑問を感じて、しっくり返そうとする。結果ア、持ってたもんを無くしかける。無くしてもいい、無くしちまえと行動する。
それを、日本語では、本厄と、こう呼ぶわけです。女が三十三、男が四十二。不惑の前後、ミッドライフ《中年》の、さらにただ中。今どきァ人の一生も長くなっておりますから、も少し延ばして五十代まで。厄の災いはつづきます。厄ですから逆らえません。あれァ伝統でございます。文化の伝統が、そうさせてるんだと思えば、家を出たいのも、なんか落ち着かないのも、もうしかたがない、ような気がいたします……。

「しろみさん聞いてください。わたしは二人の子の母親で、もちろん夫もいます。ところが、パート先の十五歳下の男性を好きになってしまいました。相手もわたしに好意を持ってくれています。メールのやりとりもして、毎日がとってもうきうきしていました。でも彼はこの春に転勤で遠くに行ってしまいました。メールはいまだにやりとりしていますが、心に大きな穴があいています。本物の恋だったと思うんです。つらくてたまりません。家庭は円満です」（四十歳）
はいはい。身に覚えがありますねえ。あたしゃすぐさま返信しました。
「本物の恋っていうのはたしかにありますよ。こんな人にめぐりあえただけでも奇跡みたい、まるで映画か漫画みたいという、ホンモノの恋。ええ、あたしにもありました。

さんざん恋に身をもまれてみて、そうして悟ったんです。人の一生には、ホンモノの恋が、いくつもあるのだという、映画や漫画には描かれない事実を。

　この恋ができてよかったです。四十という人生の円熟期に、ホンモノの恋を味わえて、ほんとうによかったです。しかし、よかったといってる同じ口で、あたしは冷静にあなたにいいます。それはね、キリが大切だということ。そしてそれは今だということ。大惨事（家庭の崩壊、夫婦の決裂）をふせぐのは今で、それはあなたにかかっているんだということ。夫にはぜったいうちあけないこと。

『あら、こんなとこにこんないい男が』と夫を再発見いたしましょう。しかしこれは努力しないと再発見できませんから、そのつもりで。努力しないと、夫はくたびれたおっさんのまんま、家庭の中、あなたのそばで、老いていきます。しかしそんな夫も、未経験な若い女が職場で見れば、おとなの魅力のあるすてきな中年男に見えるんです。その目で、夫を見直すことはできませんか」


　さてね、いったいどれだけのカップルがそんなふうに再生できるかってえと、実は、あたしは悲観的。いい男の再発見は、おそろしくむずかしい。たぶん、いい女の再発見も、おそろしくむずかしいにちがいない。

　その上、人間には、静かにおだやかに暮らしたいという欲望もありますよ。「めんどくさい」という本能からできてる欲望です。

セックスなんてェめんどくさいことはしないで、猫かなんか抱いて、のほほんと暮らしたい。猫を抱いたり撫でたりするのは、めんどくさくないですからね。なぜかてえと、自分を変えずにすむからです。自分のまんまで猫は抱けるが、妻や夫は、それでは抱けない。

古夫婦なんてえのも、いつのまにか対し方も生き方も口のきき方も決まってきちゃって、自分のまんまでいられることが多い。いいことですよ、いいことですけど、セックスにはそれなりのウキウキもエロエロも必要でしょ。わざわざ立ち上がって、ウキウキエロエロ、それをやんなくちゃならない、ね、それがとってもめんどくさい。

自分じゃなくなるのが、とってもめんどくさい。

めんどくさいから、うちン中では波風たてず。セックスせず、口もきかず、なるったけ顔も合わせず。そんなになってまだ、ほんとの離婚するのもめんどくさい、てえやつだ。「めんどくさい」は諸悪の根源。

あたしゃね、離婚、しないほうがおかしいと思ってェるン。

どう考えても、この世で、女と男が、一緒に暮らしていりゃァ、価値観は違う、生活態度も違う。一年や二年は我慢してても、十年も二十年も、けんかしないで暮らせるとは思いません。しどいのんなると、五十年も六十年もいっしょにいますよ。大きな声じゃいえないけども、あれァなんかおかしいんじゃないか。え、何十年も我慢してるてえなまともじゃない。その上子どもつくったりな、孫までできたりな、偉業だねえ、ね？　えべれすと登ったり、太平洋を泳いで渡ったりと、おんなしようなもんだ、ええもんだな、人間てのはッてよく考えますけどね、いや、ちょいとまじめンなって、もし、もしですよ、我慢しないでも、ラブラブのままで、ずっと六十年も七十年も暮らせるような相手がいたら……そんなしあわせなことはない。ほんとにそんなことがありうるのかしらんッてね。

夢ですか？　夢だって、見てみたい、そんな夢。

で、さっきも申しあげましたが、厄でございます。伝統の力で、自分のせいじゃないン、なんとなくざわざわと、落ち着かなくなってくる。これでよかったのか、このままでいいのかという思いが出てくる。つまり三十代から五十代まで、中年危機の厄つづき。厄じゃないトシなんて、実は存在しない。いつだって、みんな厄なんです。

「昔がなつかしくてたまりません。昔の自由にいきいき生きていた頃をしきりに思い出すんです。そうすると今がむなしくって、ぜんぜん前向きに生きてないような気がします。何もかもだめなんじゃないかと思うんです」（四十一歳）

「からだじゅうに三本の大きな釘が打ち込まれているような気がします。朝ごはんに、昼ごはんに、晩ごはんです。うちは自営なので、夫は昼間も家にいます」（四十二歳）

「家庭を破壊したいような衝動があります。今まで大切にしてきた家庭です。直接の原因は、夫のほかに好きな男ができたことです。彼と会いたいけど家庭があるから会えないという事情があるんです。それはものすごく身勝手なことだというのはわかっています。でもしろみさん、彼に会いたいんです。家族がいるから会えないんです。家庭は壊したくないから、わたしは一生懸命やっています」（四十代前半）

女ばかりではない、男も。男たちも。

「学生のときアメリカに来て以来、こちらに住んでいます。永住権も仕事もあり、家族もいます。日本では居場所がないように感じていましたが、こちらでは、生活も文化も自分に合っていると思っていました。ところが、このごろ、日本が恋しくてたまりません。あてもないのに、日本に帰ろうかなあ、帰りたいなあと口に出してしまいます。自分をふがいなく思いながら、どうしても気が晴れません」（四十三歳）

「大学勤務の研究職です。大学の人間関係が不快で、居たたまれず、転職を試みましたが、だめでした。僕の不徳の致すところとは知りながら、周囲とはぶつかり、職場でも家庭の中でも孤立しているような状況です」（四十一歳）

「妻と二人で小さな会社を始めて、もう十数年です。この頃、やめたくて仕方がありません。が、生活のことを考えるとやめられません。もちろん妻は大反対です。しかし本当の自分は、この生活ではとうてい得られない」（四十五歳）

そして、最後にまた女から。

「しろみさん、つまらない相談かもしれませんが、聞いてください。わたしはひさしぶりに空を飛ぶ夢を見ました。ここのところ忙しくて、親の介護などもあって、見る夢といったら、不安になるような、そんな夢ばかりでした。いちいち覚えていませんし、覚えているのがつらいような夢ばかりで、一刻も早く忘れたいと目を覚ますのです。

飛ぶ夢は、昔はよく見ていました。以前見ていたのは、手を羽のように動かすと、水の中のように重たい空気が力強く掻きわけられて、からだは高く揚がるという夢です。そのまま浮力がついて、屋根の上も、高いビルの上も、いくらでも飛んでいかれました。東京も、若い頃暮らしたことのあるロンドンの町も、上空から見てよく知っているのは、この夢を何度となく見たからです。

昨夜の夢では、前のと違って低いところを飛びました。布の両端をひっぱって、上に飛び乗ると、からだがすぃーっと浮いたのです。布をくいくいと動かすと、わたしごと布はすいすいと動きました。広い体育館のような室内を、床スレスレに、自由自在に飛びまわりました。見ていた人々が歓声をあげて、わたしをほめました。一旦地上に降りて、わたしは興奮がさめやらぬまま、もう一度やってみようとしました。でもそのときはもう、できなくなっていました。悲しくもがっかりもしませんでした。

これってどういうことなのか、おわかりになりますか」（四十七歳）

神無月《かんなづき》——みんなのしつと

ええ。今年は夏が、長うございましたな。いつまでたっても「お暑うございます」しきゃいわないで、以前《まい》には、秋には秋の、冬には冬の、挨拶のしかたがあったものを、すっかり忘れちまいました。

むかしはね、いや、昔ったってきょうりゅうのいた頃のことじゃないんだよ、つい先だってなんだけどもね。おばあちゃんが小さい頃には、ふゆというものがあってね、きたかぜというものが吹いてね、しもというものがおりてね、そこで、「さむい」てえ、え？　わかんない？　ええなんといったらいいかな、ほら冷蔵庫にながーいこと入ってるてえと感じるんだけど、え？　入ったことない？　そりゃそうだね、肉や卵じゃないんだものね。ええと、ほれ、クーラーの効いた部屋ん中でかき氷を三杯くらい食べてごらん、つべたーくなって歯の根ががたがた合わさんなくなる、え？　下痢もする？　ああそうだね、そうだけどもね、今いってんのはそっちじゃないんだよ、いいから黙って聞きな、かき氷食べなくってもつべたくなることがあったの、昔は。氷も食べてないのに空気がしとりでにつべたーくなってきてね、おててやおみみがつべたーくなってきてね、え？　そうだよ、クーラーは入ってないんだよ、ぅう、わかんない？　ったくどうしようもないね、今どきの子どもは、「さむい」ってことばァ知らないんだから、なんてことになってしまいます。

ええ、この温暖化の、しゃくねつの苦しみに、思い出すのが、「嫉妬」というもの。これァ「待つ」というのととても似ておりまして、ええ、ときどきどっちがどっちだか、わかんなくなりますね。待ってるてえと、いらいらして、いらいらしてヱるうちに疑心暗鬼になって、あることないこといろいろと考えつめたあげくに、妄想がふくれあがって嫉妬に狂う……。

あれは、辛うございます。

「ちょいと、しろみさん、いる？」とやってきたのが大家さん。六十代後半の独身女です。

「あら大家さんおかえんなさい、海外旅行どうでした？　豪勢に、まあ、店子《たなこ》が家賃ためこんでるのによく行かれた……」

「あんた以外はみんなちゃんと払ってくれてるから行かれたんだ。今日という今日はちゃんと払ってもらうよ。だけどその前にちょっとこれ見ておくれよ。二週間うちをあけて、帰ってみたらこんなFAXが入ってた」

見れば、大きな、書きなぐりの字で、

「某さん、平和な家庭を壊さないでください。うちには引きこもりの息子もいるんです。メールも電話もしないでください。X」とある。

「某さんって?」

「あたしだよ」

「あらやだ、大家さんにも名前があったんですか」

「生まれたときは大家じゃなかったから、親がつけてくれた」

「だけど大家さん、あなた、人《ひと》も殺さぬ顔をして裏じゃそうとう……」

「しろみさん、それをいうなら『虫』、人を殺したらたいへんだ。でもあたしにゃまったく身に覚えがない」

「そりゃ……あったら怖いよ」

「なんだって?」

「いえ。大家さん、Xという人に心当たりは?」

「ある」

「……やっぱり怖いよ」

「高校のときの同級生。その頃はあたしのことを好きだったらしいンだけどね。だけどもう五十年も会ってないしひょんなことからメールやりとりしたのも一年前ですよ。そのときは、近くの町まで来るから会いたいっていってきたけど、忙しいからって断った」

「セックスとかもしてないと」

「会ってないんだから。それで、最初のFAXが某月某日の夜に来てね、五分もしないうちに二枚目のFAXが来てるんだよ。それからまた五分もしないうちに三枚目、それからまた何日かして四枚目と五枚目が」

「どれ。ことわざは知らなくったってあたしゃ文章のプロですから。うーむ。文面からいったら、Xの奥さん」

「やっぱり」

「そう。見るところ同級生のXくんは、若い頃の婚期を逃し、四十近くなってから若い女と結婚しましたね。今、妻は五十代半ば。閉経したばっかり。セックスはここ数年間《ま》遠《どお》になって、今はもう一年以上やってません。子どもは二人。姉は就職はしてるけどまだ男っ気がない。弟は二十代半ばになんなんとし、引きこもり歴十何年、一時期は家庭内暴力もあったけど今は少しおさまっているんですな。その夜、その人はしとりぼっち、夫は帰って来なくて、娘は残業、息子は二階でしきこもってェた……。しとりでえびせんかなんか食べてたんだけども、疑念と嫉妬がふつふつと湧いて出て、ふくらんで、とめらいなくなって、とうとう電話しちゃったと。ところが大家さんは旅行中。留守電も設定してなかった。大家め、居留守を使っていやがるとこの人は激高して、一枚目のFAXをとととととと（送信する音ですよ）。ぴー（送信しおわった音ですよ）、しばらく肩で息を吐いて気持ちをおさめようとしてみたがおさまらず、ついえびせんに手を伸ばしてしゃくしゃく食べてるうちに、なおも嫉妬と怒りがぐつぐつと、それで二枚目のFAXをととととと、ぴー。そいでもってえびせんを、しゃくしゃくしゃく、しばらくして三枚目を、とととととと、ぴー、しゃくしゃくしゃく、その間息子は二階でコンピュータの画面をみつめて憑かれたようにゲームをやってェる……」

「見てきたようなことをいってるねェ」

「でもねえ、なんか気の毒じゃありません？　十分間に三枚もこんなFAXを送ってくるんですよ、よっぽど追いつめられてたにちがいない」

「そうなんだよ、あたしもそこが気になってね。そんな思いをどこかで一人の女がしてるってこと。あたしだって経験がないわけじゃない。むかァし、なんだかんだあってさ。もんもんとした。いてもたってもいらんないようなこと。こんなことはさすがにしなかったけど。まあ似たようなことを、さんざん、さんざんやってきたよ」

「あたしは『こんなこと』もさんざんしましたよ、みんなするんですよ、しなかったらおとなの女になれないんです」

「あんたもたまには、いいことというじゃないかねえ」

「ふふ、だからお家賃待って」

「それは待てない。でもね、だからこそ、この人がどんなに辛い思いをしてるか、あたしはようくわかってるつもりだ。いっそ『あなたの思い過ごしです、なんにもありませんよ』って、返事を書いてやったらどうだろう」

「信じやしませんよ、向こうは疑心暗鬼にかられてわけがわからなくなってるんですから。次にこの人がもんもんとして、耐えきれなくなって大家さんに電話してきたとき、誠心誠意の受け答えをしてあげるより他にないんじゃないですかねえ。声を聞きゃあ少しは安まりますから。

　ねえ？　古今東西の文学を見ても、こういう人はいっぱいいますよ。嫉妬で男は相手を殺す。ところが嫉妬した女は、罪を憎んで男を憎まずッ、しかし第三の女を恨みぬく。ね？　六条御息所《ろくじょうのみやすんどころ》が呪い殺したのも光源氏じゃなくて、その妻の葵《あおい》の上、メデイアが焼き殺したのもイアソンじゃなくて、その新妻のなんとかいう女。ね？　ありましたありました、最近の日本でも、女が、不倫相手の男の家に火つけして、子どもが何人も焼け死んだてえことが。肝心の男はいないときだったんですよ。そいから、女が、夫の不倫相手をストーカーして、あげくに車でしいちゃったこともありました。ええ、このXの奥さんも、今頃は、うう、夫をたぶらかしたにっくき大家ァア、恨みはらさで、おかりょうかァ」

大家さん、怖くなって、家賃のことも忘れて帰《かい》っちゃった。

大家さんが帰ったら、待ってましたとばかりに相談のメールがコンピュータの中にとどいてました。大家さんの話とシンクロを、するともなくしてェるような、切ない相談でありました。

「しろみさん、辛くてたまりません。このごろ私の彼氏に女ができたようです。しかもその女には夫も子どももいるようです。もともと私たちは不倫ですが、もう五年もつきあっています。私のことは彼の奥さんに知れていません。新しい女のことを聞き出そうとしても、何にもないの一点張りです。でも間違いないと思うのです。どうにかして相手の家庭と彼氏の奥さんに、このことをバラしてやりたい」（三十九歳）

まとめますと、この相談者であるA女は独身で、その愛人は、妻帯者B男。このたびB男が、A女との関係はそのままで、家庭持ちのC女と関係を持った（らしい）。それがA女には耐えがたい。その長文のメールをつらつら読むと、A女はB男との関係に、そろそろ限界を感じている。それでもやめられない。嫉妬するのを、やめられない。

「なぜわたしは、こんなに嫉妬で苦しむんでしょうか。嫉妬しないですめばしたくないんです。でも嫉妬するのをやめられません」とこの人は血の出るようなことばを書きつけてきた。

そしてね、この人やXの奥さんだけじゃないン。おんなしような相談が、何度も、何度もあたしンとこには送られてきました。みんな、嫉妬で、のたうちまわってェる。

「人目を忍んで同じ課の既婚男性とつきあっています。奥さまのことは気にならないのに、ある同僚と親しいのが気になってしかたがありません」(三十二歳)

同じく。

「(嫉妬している相手は)わたしより少し年下で、美人で、いい大学を出たお嬢様です。いったん気になりだすと、何もかも気になって、このごろは彼女の何もかもが憎くてたまりません。そして短大しか出てなくてたいした取り柄もない自分が、ほんとうに情けなく思えて苦しいです」(三十五歳)

「嫉妬」は「待つ」とかさなりあい、「待つ」とかさなりあうのが「不倫」てことで、嫉妬の相談にはやはり不倫が多うございます。

「結婚を前提につきあっている彼がいます。でも二年前に別れた別の男性のことが忘れられません。その人とは一年間ほどつきあい、けっきょく不倫という関係に耐えられずに別れましたが、あんなに心のつながりを感じて好きになった人はいません。こんなこ

とで結婚ができるのか不安です」（二十六歳）

この人は、奥さんへの嫉妬、将来が見えないこと、人目を忍ぶことに耐えられなかったと書いていました。

ここでしとつ、不倫の本質てえことも、きっちり押さえとかなきゃなりません。

「不倫は、やっぱ特別なんです」とあたしは書いた。

あたしも、不倫してた若い頃の話ですが、あまり愛が燃えあがるんで、赤い糸だと確信してねェ、不倫だからアツくなってんじゃない、この人との愛は特別なんだって思ってましたよ。でも、今ならわかる。不倫は不倫だから、三割増しに燃えあがるン。

妻さえいなきゃ文句なしの男だてんで関係をつづけていくッてえのは、アルコール依存症の男とその妻の関係に、よく似てます。「酒さえ飲まなきゃいい夫」とかな、「あたしがいなきゃこの人はダメになる」なんてな、支えるのはいいんだが、アルコール依存まで支えちゃうから困りものだ。

「はっきりといいましょう。しょせんは、二股かけてる相手の非であるのに、『妻さえいなければいい男なのに』と考えて、相手の、身の程をわきまえない貪欲さや、ずるずるひきずる優柔不断さには、目をつぶってしまう。その上、彼は、あなたをパートナーとして選んでません。選んでたら、不倫ってことにはなってない。ね、現実を、直視してごらんなさい」とあたしは書いた。

嫉妬とは。

仏教のほうで、「とんじんち」ということばがございます。

漢字で書けば、貪瞋癡。

人の持ってる煩悩の基本であります。

もっと欲しいとむさぼる心、思いのままにならぬをいかる心、知ろうとしない無知の心。ええ、坊主の説教のようになってェますが。

その中のいかりの心、瞋《しん》てえやつが、つまり嫉妬と、こう考えます。そねみ、ねたみの心です。

でもね、おかしいじゃないか。

嫉妬てえのは、相手があるからしちゃうもんでしょ、しようって思ってするもんじゃないン。自分だけがどんなに悟ってあらたまってきちんきちんと生きていたってェ、自分の男に女ができりゃ、もう否も応もなく心が乱れる。それが人間ってもんでござんしょ？　あたしらのせいじゃないですよ。

「おいおい、おまいさんはそれだからいけねえ」って横町のご隠居に叱らいちゃいそうですが。え？　うちの大家なら何ていうかって？　あれァだめだ、生臭くって。七十近くンなってもまだ生臭い。ふふ、だからあの人ァ憎めなくって。女てえのは、そうじゃなくちゃ。

いやね、横町のご隠居さんに叱らいるまでもなく、あたしゃこれでさんざんっぱら苦しみましたから、考えつめまして、ええ、今じゃもう、ちゃーんとわかっております。嫉妬道てえもんがあるなら、免許皆伝。いや、嫉妬するほうじゃない、嫉妬する心を克服するほう。

で、嫉妬の本質とは。

はっきり申しあげますよォ、いいですかァ、聞いておどろくな。

嫉妬の本質とは、自分とのたたかい。

自信がなくなったときに、嫉妬は起きる。あるいは嫉妬したときに自信はなくなる。つまり嫉妬とは、自分は強くない、自分には人より価値が無いてえことを感じる瞬間なんです。

われわれァみんな、なんとか他人より強くなって、なんとかして、しとりでも多く、自分の子孫を残そうって欲望が、本能のどこかにしそんでおります。自分のテリトリーに他人がちんにゅうしてくりゃね、こいつじゃまだってんで、たたかう。自分より強いやつが出てくれば、こんちきしょうって思う。ええ、動物全般、ごくふつうの感情であり行動でありますよ。も、それは、生物としての、ええ、ごくふへんてきな衝動なんであります。

あたしはね、「恋愛」てえのもおんなしだと思ってます。

人を好きになる、どうかしてあの人と仲良くなりたいと思う、できたらできたで一緒にいたい、離れてたら恋しいと思うその心は、しょせん、「支配欲」といいますか、「自分は強い」と確認したい心である、とそう思ってるんです。

ええ。ミもフタもございません。

え、あたくしも、以前《まい》にはここまで悟ってなかったンで、恋愛は惚れたはれただと思ってェたんですが、いつのまにか悟りを得た。こんな女と惚れ合って一緒ンなったつもりの、今の夫が、ええ、気の毒でたまらない。

好きだと相手のいうことを、ききますねえ。これ買ってっていわれると「はいはい」、あれ食べたいってえと「はいはい」と。女も男も。セックスしてっていわれると、好きだからね、多少めんどくさくても「はいはい」と。子どもできちゃったらしょうがねえなと思っても、まあ産んじゃいますねえ。テキはそこを狙ってェる。

産んじゃってね、忙しいから相手にね、おむつ替えて、保育園のお迎えしてっていえば、むこうもこっちに惚れてますからねェ、「はいはい」と。こっちも、それが狙いである。

中には支配されたい人もおりまして、「ああ自分はこの人の支配下にある」というのが快感だ。これァこれで、支配欲の裏返しなんでございます。しかしそれでも、彼が自分より向こうの女をより支配したがっているとわかったら、やはり嫉妬に苦しむでしょう。

「嫉妬」とは、他人のせいで自分の力がままならなくなったときの、いかりの感情。

自分のほうが勝ってりゃ嫉妬しません。相手のほうが、年が若かったりすこぅしきれいだったり収入が多かったりしますと、こっちの足元は揺らいじゃって、嫉妬します。心細くって、不安になって、つきつめれば、自分てものが消えてしまうような寂しさを感じるてえのは、そういうわけです。

だいぶ以前《まい》にこんな相談をもらいましたが、この話にどんぴしゃりであった。

「つまらない相談ですがきいてください。一年前に離婚しました。離婚の原因は夫の浮気、その相手は銀行員でした。それ以来、どんなところで銀行員を見ても、たとえ銀行の中でも（銀行の中には銀行員がいっぱいいます）、銀行員を見たら逃げたくなる衝動に駆られています。離婚して一年もたつのに、まだこんなことにこだわる自分が情けない」（三十代）

ぜんぜんつまらなくない、一年前にどれだけ苦しんだかが、ひしひしと伝わってくるような悩みでしたよ。

「離婚ってのは一件につき四年、と思ってください」とあたしは書いた。

四年てえのは、癒やされるのにかかる時間です。離婚後一年なんてのはまだ序の口で、何にも元通りにゃなっちゃいない。表向きァだいぶ落ち着いてきてェても、中のほうはまだぼろぼろで、ちょいと何かあると、ええ、銀行員を見かけたりするてえと、かさぶたがぽろりと剝がれて、また血がしみ出てきちゃうン。

「こういう痛みはいつかかならず薄らぎます。痛みがあるうちは、なるたけ銀行に近寄らないのがいいのです。お金の出し入れなんて、機械やネットで済ますこともできますから、そういう手段を工夫するといいんですよ、逃げるが勝ち、急がば回れ、ちっとも恥ずかしいことじゃないんだから、どうどうと逃げ隠れしてください」とあたしは書いた。

なにしろ免許皆伝なんですから、巻物だっていただいてまして、ええ、ここにこう奥《おう》義《ぎ》が、書いてある。それをちょいとしらいてみますよ。

ええ。まず、人間ですから、自信はなくすもんだし、落ち込むのもあたりまえ。自分よりすぐれた人がいるのも当然のことなんですから、うらやましく思うのもしかたのないことと、抑えこまずに解放してやったほうが、よございます。

それができたら、あたしはあたしであると心得ること。

そのためには、ふつうの価値観からちょっとはずれてみると、よございます。ふつうの価値観というのは、やせて若くてきれいなほうが、太って年食ってみにくいより、良いとする価値観ですな。

ところが無常というやつで。

昔はだれでもやせてきれいで若かったものが、時間が経つと、みんなうち揃って、太って年取ってみにくくなる。これはもうなんぴとたりとも避けることはできない。そのとき、太って年取ってみにくくなったとき、そういう価値観を後生大事に持ってエて、いつまでも自分がいちばん美しいなんどと、白雪姫の継母みたようなことをいってましても、そりゃ無理だ。そこで、価値観を、ちょっとずらす。その枠外に、みずからおんでる。しらきなおり、とも申します。

「あたしはあたしである」

なかなかできません。なかなかできないが、一旦できますと、これァ一生ものです。

ええ、次に、別のことにむちゅうになること。

この男ないしは女との関係を、自分の中心に持ってこなきゃいいんですな。いえ。できれば、の話ですが。これもまた、なかなかできませんが。あたくしの経験でいいますと、男の場合、六、七年つきあってますと、できるようになりますねえ。

他に、もっときちんと支配欲を満たせるものをしとォつ作っとくと、たいへんよございます。犬とかな。猫とかな。園芸とかな。子どもってのはだめです。こういう場合は使い物にならないと、最初っから考えておいたほうが、よございます。ええ、それから、ほめられたら舞い上がって喜ぶくせをつけておくこと。どんなに嫉妬して、自信をなくして、落ち込んでも、何かほめられたらすぐ舞い上がるてえ訓練をしとけば、立ち直りが早くなる。

さらにそれから、自分の中には、なけりゃいいと思うような性格が、「嫉妬する」以外にもいろいろあるはずですからね、「けち」とか「せっかち」とか「だらしない」とか。「嫉妬」とは、そういう、俗に悪いといわれている性格が数ある中のしとつである、とそう考えること。

嫉妬てのが、不倫の専売特許かてえと、そうでもない。嫉妬は、みんなの嫉妬です。結婚してるのに、夫が外でかかわる女にいちいち嫉妬したという女もたくさんおります。結婚したら嫉妬しなくなった、といってる女は、たいていが「結婚して十年くらい経って関係がすごーく落ち着いたときには」てえ但し書きを忘れてる連中です。

こんなメールが、やってきました。

「妻に事実でない不倫を疑われています。相手は仕事上のつきあいで、たしかに親しくはしていたのですが、妻が疑うようなことは一切なく、むしろ私の良い理解者でした。いくら説明しても妻は納得しません。今にも彼女と談判しに飛び出していきそうな妻の

様子に、恥ずかしい話ですが、恐れをなしています。どうしたら疑いを晴らすことができますか」（四十五歳）

男からの相談ですけどもォ、あたしゃ免許皆伝ですから、こういうときも、どうすればいいのか、ちゃーんとわかってェます。

「妻に、『おまえこそいちばん』と心ゆくまで信じ込ませてやることです。間違っても、待たせてはいけません。待ってるうちに疑心暗鬼になり、よけいな妄想がむくむくと湧き上がっていって、妻はとりこになりますから、ぜったいに待たせてはいけません。かえって怪しいんじゃないかと疑われようと、しつこいわねといわれようと、妻にこまめに連絡を入れ、妻を遊びに連れ出します。もちろんセックスも」とあたしは書いた。

するてえと今度ァ、同じような相談が、妻からも来た。同一カップルじゃないかと疑ったほどだ。こっちの妻は、夫の携帯の盗み見から、女のメールを大量に発見したてえます。さんざん悩んだ末にとうとう夫と話し合い、「その女とはただのメル友だ、おれはおまえを愛してる」てえ言質《げんち》をとることもできた。しかし、心は、おさまらない。

「夫婦で飲みに行くことや夜の生活も増えましたが、切れたとは思えず不安が消えません。帰りが遅いと落ち着かず体重も落ちました。主人を信じて気持ちを切り替えるしかないのでしょうか」（四十代）

それで、あたしはこう書いた。

「そのとーり、夫を信じて心を切り替えること。それも『守り』じゃいけません。人生の、こういう局面では、つねに『攻め』であるべきです。携帯の盗み見は『守り』です。夫と楽しくデートしたりセックスしたりするのは『攻め』です」

つい忘れがちだが、嫉妬てえのは色恋だけにかぎらないン。仕事や勉強の出来不出来、能力や容姿や金のあるなし。そういうのでも人ははげしく嫉妬をいたします。

「高校を卒業して、アルバイトの延長のように今の仕事に就きました。しかし同級生たちは進学して就職し、自立した女性になって差を感じます。嫉妬したり、怒ったり、そんな自分が怖く悲しいです」（二十六歳）

同じく。

「自分の容姿に自信が持てません。きれいな人を見ると、むかむかします。勉強はできたので、専門職に就きましたが、同僚や部下にちょっときれいな人がいると、憎くて憎くてたまりません。これで、ずっと辛い思いをしてきました」（四十四歳）

これも。

「ついつい自分と他人を比較してしまいます。人それぞれ能力違うし培ってきた経験や努力も違うのに、自分はいつも物足りなく感じてしまいます。これからもずっと事あるごとに、自分と他人を比べて羨ましく思ったり自己嫌悪になって落ち込んだりするんで

しょうか」（三十二歳）

これもまた。

「親友に嫉妬する自分がいやです。わたしたちは学生時代からの親友で、二人とも若い頃に離婚を経験しており、支え合って生きてきました。この頃彼女は仕事で成功して、新聞にも出たりして、それを見たときのつらさは、耐え難いものでした。親友にこんないやな感情を抱く自分に耐えられません」（三十代）

「しろみさんはこんな辛い思いをしたことありますか」ってこれはどの嫉妬の相談だったか、書いてありました。

もちろんです。ただ、以前《まい》はさんざっぱらしてたのに、この頃ァぜんぜん嫉妬しません。

ほほ、免許皆伝、だてじゃないンで。

ここ……そうですね、十年以上。男についても、仕事の上でもすっきりしちゃって。そのうち、お釈迦様から表彰状《しょうしょうじょう》が送られてくるんじゃないか。

「あたしはあたし」てえのは、若い頃から自家薬籠中の、うう、なんでしたろう、胃薬か便秘薬か、医者に処方してもらわなくてもいいような、そんな薬でしたがね、持ってました。ずうッとがむしゃらに持ってたんですけども、ここ十年、遠ォく離れた僻地に住んで、島流しみたいな目にあってまして、現代のものは読みもしない、現代の人ともほとんど出会わない。たまになんか読むってえと、なんでもかんでも、めずらしいから、おもしろいなあと思える。「あたしはあたし」だが「人は人」てえのを、人の群れから離れてみて、はじめて感じらいた。

その上あたしゃこうして、いろんな悩みを聞いてるでしょう。

人の悩みを日々《しび》聞いてェますと、人というものは、なにかこう、集合体である、「あたしはあたし」が集まれば「あたしたち」になるのだなあ、としみじみ思えてくる。あたしはあたしたちで、あたしは人で、と考えたら、もう嫉妬もなにもあったもんじゃございません。

男は、ま、夫のことですが、いまだに、あたしから見りゃ、ふるいつきたくなるようないい男なんですけども、ええ、他人からみれば、ふるい落としたいような爺さんとしか見えませんな。そのくらいのことはわかるだけの、客観的な目が養われてきたてえことです、以前《まい》はなかった。この夫を、周囲の女という女が狙ってるような気がして、おちおちしてられませんでしたからねえ。

夫の、その額の後退や下腹の出具合や顔のシワや性的処理能力の減退にも、それはしみじみと感じられ、ええもうこの男は、よそでなんだかんだするような、まめさはないだろう、あたし一筋であろうと、やっと信じられるようになってきた。ざまみろってえことであります。

そして自分自身の外見にしても、もうじたばたすることはない。

シミ、シワ、白髪と、脂肪。

「ふとったわね」なんていわれてももうびくともしません。あたしはあたしで、五十になればこのくらい当然で、見せる夫はこれでいいっていってんだから、いいだろうてな、自信でございます。若い頃に、こういう自信を持ってたら、楽だったか、楽じゃなかったか、わからないような、期間限定の自信であります。そしてこれが嫉妬にはいたく効くんですな。

霜月《しもつき》――りこんのくるしみ

ええ。毎度ながら、世の中にはいやなものがいろいろとありますな。家事にかぎって考いてみましても、女が十人、あつまったところで聞いてみますと、いろんな答えが出てきます。

あたしゃアイロンがけがきらいだてえ人《しと》もいれば、どうしても料理したくない、いや食べるのは好きなんだけども、という人もいる。アイロンがけも料理も好きだが、ゴミ捨てさえなけりゃねえという人もいる。洗濯のあとの、干したあとの、取り込んだあとの、たたむのがきらい、という人もいる。洗面所で、ブラシについた髪の毛を捨てるのがきらいてえ、細かい人もいる。便座が上げたままになってェる便器の拭き掃除がきらいだけど、便座が上げたままになってなければ気にならない、という人もいる。

で、しろみさんは何がきらい、と聞かれてね、考いてみたら、片づけだ。

洗濯物なら干して取り込んでたたむまではいいんだが、そのあとが片づけられない。もちろん着て脱いだものを片づけるのもいや。だからうちは、洗濯したものとこれから洗濯するものがごっちゃになっててねえ、はは、匂いを嗅がなきゃ区別がつかない。夏物をしまって冬物を出すのもきらい。だからうちは夏物と冬物が一年中いっしょくただ。捨てるものと捨てないもの、要るものと要らないものを、仕分けるのもきらい。本を、本棚のもとあったとこに戻すのもきらい。

もともと得意なのが、「神経衰弱」。

感情をかくせないから「ババ抜き」が苦手。かけひきができないから「七ならべ」も苦手。頭ァ使おうにも使う頭がないから、むずかしいゲームはどれも苦手。てえことで、いきおい、「神経衰弱」がやたらに得意だ。

それが嵩じて、家ン中でも「神経衰弱」が得意です。何がどこにあるか、ちゃあんと覚えてエる。え？　つめきり？　それなら机の脇の本の積んであるところの下の、紙の束ン中の三枚目に入ってるよ。え？　何々の本？　それなら机の下の服のたまってるとこの、いや、それは汚れもんじゃない、これから着るやつだよ、そのいちばん下にあるよ、とたちどころに当てられる。いや当てものじゃないんだけども。

ところが、ここ一ヵ月あたしゃ片づけをしてました。

長い間、トイレの便器が汚いのが気にかかってまして。あたしゃ片づけはきらいだが、掃除はそれほどきらいじゃない。それでつい、ある日思い立ち、「まぜるな危険」てえ洗剤とゴム手袋を買ってきて、便器をこすりはじめたのがウンの尽き。それ以来掃除モードに切り替わって、何もかもきれいにし、何もかも捨てております。

新しい便座をつけ替え、洗面所のすみのほこりを掃き出して、洗面所の棚を、棚は粗大ゴミに出して、腐って変色してェる、二十年ものの化粧水や三十年ものの口紅を捨てた。

それから、捨てたい捨てたいと思ってた机と椅子も、粗大ゴミに出した。

それから、押し入れと物置と本棚をからっぽにした。

何もかもしき出して、要るものと要らないものに仕分けし、分別し、シーツも枕カバーも十年ぶりにとっ替えた。冷蔵庫と洗濯機もちょうどうまい具合にぶち壊れてくれて、ここをせんどと買い替えた。

燃えるものは燃えるもの、紙は紙、びんかんはびんかん、埋め立てゴミは埋め立てゴミと、分別し、分別し、また分別し、何週間かで出し尽くした。分別してるうちに、なんだか人生の分別まで、おっとこっちはふんべつと、なんだかゴミの分別をさんざんしてきた身としては、ふにゃふにゃして落ち着かないが、そのふんべつまで、ついてきたような気がした。

いったいどうしちゃったんだいッて大家さんにも聞かれたし、近所の人たちにも聞かれましたがね。最初は、自分でも理由なんか無いと思ってました。ただ片づけたくなっただけなんですよ、ね、そういうことってあるでしょ、と。

ところがだんだんわかってきた。そこには、何かこう、身内から沸きおこるような原動力があった。あの男が使ったものはためらいなく「捨てる」。あの男とともに買ったものもまたいさぎよく「捨てる」。捨てるたびに、家の中が浄化する。捨てるたびに、家があたしのすみかになっていく。

片付けはじめたのは出来心でも、思うさま捨てられるてえのは、やはり十数年めにして、やっと、りこんのくるしみから、癒やされたからじゃないか。りこんのくるしみが、なくなったからこそ、捨てる気になったんじゃないか。ことほど左様に、りこんてえのは長くかかるものであった。

「りこん」に「けっこん」。

「まざこん」に「ぱそこん」。

「ごうこん」「だいこん」「まま、いっこん」。

こんこんいってるが、風邪ァしいてない。あのこんもこのこんも、意味も漢字も違うのに、しらがなで書いたら同じじゃないか。どう分別すりゃいいのか。ゴミ出しもできないではないか。人生は、一寸先は、闇であります。

「りこん」の「こん」と「けっこん」の「こん」は同根なのに、かたや「離れる」、かたや「結ばれる」。「結婚しよう」と言われるのはいつもとってもうれしいのに、「離婚しよう」はいつもこんなに痛くて辛い。今さらながら、考えました。りこんとは何か。どうして、こんなに、痛いのか。

これ見てください。あたしんとこに送られてきた離婚の悩み。

暴力の夫を持つ妻から。

「結婚八年目。二歳と六歳の子どもがいます。二度目の暴力で尾骶骨を骨折しました。今、私は一生懸命もがいています。DVの相談、別居する家を探すこと、離婚の話し合い。でも、こちらが向き合おうとしても、相手は真摯に応えてはくれません。『逃げる』か『居直る』かです。私は疲れ果てて、子どもを置いて、温泉へでも一泊しにいきたいと思ってますが、いいでしょうか」（共働きの主婦）

借金する夫を持つ妻から。

「夫がパチンコ好きで困っています。私にウソをついてお金を持ち出していきます。先日は借金もあることがわかって、それはなんとか返済しました。注意すると、子どもの前でも構わずに『離婚だ』と怒鳴ります。浪費癖をやめてほしいのですが、どうすればよいでしょうか」（二十代）

ここでも借金している。

「夫が私に隠れて数百万の借金をしていました。債権者が取り立てにくるし、おちおち暮らしていられません。実家の父母は帰ってこいといいますが、子どものことを思うと離婚が決意できません。夫に愛情はありましたが、このところの借金をめぐるやりとりで、すっかり不信感を持ってしまいました。他にどんな嘘をつかれているかと思うと、顔を見るのもいやなくらいです」（三十代）

浮気する夫を持つ妻から。

「しろみさん、聞いてください。夫の携帯メールをたまたま見てしまい、数年前から職場の女性と不倫しているのを知りました。彼女は既婚者で子どももいます。一度会いましたが、強気の女性で、会ったことを後悔したほどです。夫は『脅されていやいや付き合っていた』と言いますが、私は許せず、再出発できません」（三十代後半）

また。

「結婚して四年目です。最近、主人の不倫が発覚しました。主人は本気なのか、ただの遊びなのか分かりません。主人を愛していますので、できれば元のサヤに収まって欲しいのですが。私と主人とは、いわゆる『できちゃった婚』だったので、新婚当時から性行為はあまり無く、出産後一年半くらいは三ヵ月に一度くらいで、最近は七ヵ月ほどありません」（三十二歳）

これも。

「夫の行動が不審なので調べると、家庭のある女性と不倫していることが分かりました。夫は不倫のことは認めませんが、離婚はしたがっています。私は夫に愛されたい。別れる勇気もありません。ここは我慢して、夫のしたいようにさせておくのが一番賢いのかもしれません。でも、毎日がとてもつらいのです。食事もとれず、眠れません。しろみさん、どうしたらいいか教えてください」（三十代）

みんな、悩んでいる。

こういうのもある。浮気以前に問題がある。

「しろみさん、聞いてください。夫との間にセックスがありません。以前は何回かしましたが、ここ二年はまったくしてません。女のプライドも何も捨てて、懇願するのはとてもみじめです。表向きは社交的で非のない夫です。こんな理由で私から離婚にふみきっていいのかどうか、わからないのです」（三十代前半）

これも。

「結婚八年目、二児の母です。八歳年下の男性と交際して一年半。夫への罪悪感はありません。結婚二週目から三年くらい夫の浮気が続きました。時間が経過するにつれ最初の裏切りが許せなくなりました。夫とは昨年末からセックスレスです。愛のない生活が続くかと思うとゾッとします」（三十六歳）

これも。

「夫とはもう何年もセックスレスです。私がその気になれなくて拒絶しているうちにセックスレスになりました。セックスのことが話題に出なければ、気の合う夫です。ところが先日夫のメールを見てしまい、夫に愛人がいるのを知りました。夫を問いつめましたが、はっきりしたことは言いません。夫の性格上ただの浮気とは思えません。夫が好きなので、離婚はしたくありません」（四十五歳）

みんな、悩んでいる。

離婚てえものはですな、ええ、女、一世一代の危機でございます。もう夫との仲は、戻りません。長ァい、つらァい時期があって、いやァなケンカを、何度もして、憎んで、ののしりあって、もうこりごりだと思って別れるン。いやな目にもいっぱい遭ってます。

そこでな、離婚しましたら、「焦ったり、むやみに先ィ進んだりしちゃいけない。自分を大切に、自分を追いつめずに、危機を乗り切る」。これがまず第一のコツなんでございます。

ええ、次々にコツを教《おせ》えてさしあげますから。ええ、いつでも離婚できるように役立ちますから。

次に、第二のコツは、「離婚しない」。

離婚を、何度もくりかえしてみますとわかるんです。何度もくりかえさないとわからないんです。で、あたくしがこんなことを知ってますのも、何度もくりかえしたからなんですね。ええ、よけいなことに。

それでわかるのは、男が夫になりますと、どいつもこいつも「金太郎アメ」。

何回、誰と結婚してみても、妻が夫に持つ不満は、じつに、じつに、普遍的である。

そしてたぶん、夫が妻に持つ不満も同じく。つまりここで別れて別の夫を持ったって、前の夫でした苦労より少ない苦労が待っているとはかぎらない。それが基本だ。

と申しましても、離婚をしなきゃならないときは、かならずある。

まず「暴力」があるとき。

これには迷わず離婚をすすめます。

あの、相談の、DVの奥さん、子どもを置いて温泉に行ったらだめかって聞いてきたかたですが、じつにしっかりしたかたのようで、DVの相談に行ってるのも、離婚の計画も、温泉かどこかに行きたいと発想するのも、あたしゃ大賛成。追いつめられて、考えつめてしまったら、出るもんも出なくなります。いい考えも、生きる気力も、それからうんこも。

「ただ、ちょっと待ってください。あなたがいなくなったとき、夫が、子どもに暴力をふるわないという保証はありますか？　それから、離婚のときに、たかが一泊の温泉旅行のせいで、子どもを置いていっちゃうような女に親権は渡せないなどと主張される可能性はありませんか？　子どもから離れてゆっくりしたいというあなたの気持ちは痛いほどよくわかる。基本的にそうするべきだ。シカシこんなときだから、これは夫婦だけの問題じゃない、家族全体の問題なんだと考えて、子どものこと、将来のこと、ひっくるめてよーく考えて、それから、ゆっくり、行動しましょう」とあたしは書いた。

「暴力」につづいて「借金」があるときもいけません。

家庭てえのは自分のテリトリーですよ。どっかりと根を張って、誰も襲ってこないてえ安心感を持って暮らしていられるから家庭なんですね。その家庭の根本はおかねです。昔からね、おかねがないてえと、「ぢっと手を見る」といいますよ。渋民村《しぶたみ》なんすから、もう。そこんとこがおびやかされちゃ、あんのんと暮らせるわけがない。

「暴力と借金につづいて浮気かな」

おっと、つい一句。詩人ですから多少字余り。季語は「浮気」で、春ですな。ってそんな季語があるわけないんですが。

「浮気」は、こないだずいぶん論じたように、自分の領分を、しいては自分自身てえものを侵害されるときの不安な気持ちがあるからつらい。やはり、安心して暮らせるどころじゃなくなっちゃいますから。

ただ人によって耐性が、ここまではＯＫという線引きが、ずいぶん違っていて、潔癖性なかたもいれば、もの忘れの得意なかたもいらっしゃる。済んだことは済んだことと思えるかたもいれば、思えないかたもいる。海千山千の意見としては、男女の仲なんて、忘れたいことは忘れてしまうくらいのずぼらさがあって、ほほ、うまくいくものでございます。

浮気の奥底に、かならずやしそんでるのが、性の不一致てえ問題です。ときにふうふは、それを「セックスレス」てえかたちで表現することがある。ときにそれは、浮気てえかたちになることもある。

セックスレス、ふたァりともセックスしたくないってんならいいのですが、どっちかがしたくなくてどっちかがしたいと、ええ、したい方は生殺しですねえ。どういうわけか、ほかのことよりセックスは、「させて」って言って断られたときの傷が身に沁みます。それはもう、しくしくと。あれはほんとにみじめでならない。

まあしかし、それでは人ァ死なない。だから見過ごす。大切な問題なのに。

いくつか方法はございます。必要悪と心得て、いやがってる方が、いやいやセックスに応じる方法。いやなもんはいやなんですが、そこをなんとか。

いやいややってるのは、たぶん相手にもわかっちゃってますな。わかったたってしょうがないとしらきなおる。ええ。みんなやってることなんだ。イッたふりしてみせるてえことをしてない女が何人いましょう。感じてないのに「いいわ」「よかったわ」と言ったことのない女がいったい何人？

どてーっと、貸しまんこみたいなつもりで、横たわる。勝手に動《いご》いてもらう。そのていどでも、夫婦の間は、セックスした方がしないよりずっといいんです。それで、少しは先に延ばせます。何がって、破局が。

ええ。破局が。

しらばっくれてセックスなしを決めこむのもまた一方法。やりたい方の性欲は生殺しのまんまですけどね。ま、波風立てない方向で、やってみる。ときには、セックスなしでも生きられることが、ないわけじゃありませんからねえ、それに賭けて。だめなときはだめですからね、やっぱり、いつか、やって来ます。

ええ、破局が。

第三の方法は、かなり過激ですが、セックスしたくないほうが、セックスしたいほうに、外で、セックスしてくるのを許す方法。許すのァかんたんだが、それで心の平安が保たれるかてえと、ま、保たれないと思ってた方が正直でいいでしょう。つまりこれはこれで、いつか来ます。

ええ、破局が。

お気の毒さまでございます。

「セックスはものすごい感情をともないます。『ただの浮気』でやれるものかどうか、少し想像を働かせればわかることでしょう。ただ、どんなに感情がともなっても、家族持ちの男ってやつは卑怯ですから、なかなか家族を捨てる決断がつかないのも事実です。だからそんなに悲観することもありません。肝心なのは、ケンカ両成敗の心意気で、夫の非をつきつめすぎないことです」とあたしは夫の浮気に悩む女すべてにむけて、これを書いた。

それでも踏み切れないのは子どものため。

「結婚して八年。二人の子がいます。二年ぐらい前から夫の行動がいつもと違うのを感じ、浮気をしているのに気づきました。何も言わず様子を見ていたのですが、先日『離婚してほしい』と言われ、どうしていいかわからなくなりました。せめて子どもたちが高校を卒業するまでは離婚したくありません」（三十代主婦）

また。

「夫は三年前から浮気しています。ばれた後も、私とも彼女とも別れないと言い張ります。私は一年間悩んで、努力しましたけど、もうやっていけないと思い、離婚を決意しました。でも中学生の子どもたちに、どう説明しようか悩んでいます」（四十代会社員）

これも。

「結婚したての頃は優しかったのに、七年経った今では『オレが食わしてやってる』と豪語する夫です。相性が合わずケンカばかりする毎日で、離婚を考えはするのですが、家を建てたばかりだし、子どもたちはまだ小さいし、両親も離婚に反対だし、私も今から再就職はむずかしそうです。子どもが巣立つまでこらえて熟年離婚を待つしかないのでしょうか」(三十五歳)

またも。

「離婚をしたいと思っていても、経済的にも不安だし、まだ子どもが小さいのです。せめて子どもが大きくなるまで待ちたいと思います。でもそれはいつでしょうか。高校に入るまで？　それとも高校を出るまで？　私はあと十年か、それ以上も、ここで待っていなければならないのでしょうか。離婚したらどうなるかという不安が現実になるのを、後に、後に、引き延ばして？　不安でたまりません」(三十三歳)

みんな、悩んでいる。

この人たちは、子どもには父親は必要、子どもがいるから離婚はできないと思いこんでいる。あたしゃ、そういうときは、もうずけずけということにしてェる。「できますよ。子どもは苦労しますけど、離婚はできますよ」って。

あたしもさんざん子どもに苦労させました。

ふしぎなことで、子どもてえのは、親の離婚がきらいだ。

子どもで、親のケンカを見て、おお、やれやれェ、別れっちめえ、なんていってるやつァしとりもいない。みんな目をそむけて、居心地わるそうにしてェる。その上、子どもてえものはあさはかで、夫婦の思惑、夫婦の事情というものを、わかってない。ま、わかってちゃ子どもじゃありませんが。

それまで「在る」と信じこんでェた自分の世界が、親の離婚で、がらがらがらッと壊れてなくなっちゃうんだから、不安になるのも無理はない。不安のあまり、子どもたちは、あたしが、ぼくが、悪かったのじゃないかしらんと悩むんです。

だからね、親がするべきことは、まず最初に、「これはあんたのせいじゃない、お母さんとお父さんのせいだ、そういうことってときどきあることなんだ」てえことを、子どもがわかってもわからなくても（たいていわかんないんですが）くりかえしくりかえし伝えてやることだと思います。

そのためにも、別れて暮らすほうの親は、誠実に、子どもに会いつづけてやるといいんです。「お父さんはお父さんのまま」てえことを、身をもって証明してやる。

本人たちは会わない方がよっぽど楽だが、それでもがんばって、何がしかのつながりを持ちつづけ、いつでも子どもがもう片方の親に会えるようにしておく。もちろん、養育費はきちんと払う、取り立てる。

で、あたしはこう書いた。中学生の子を持つ人のために。

「中学生とは、波風の立たない家庭でぬくぬくと育っていても、一波乱起こさずにはいられない年頃です。ここしばらくの、ある程度の波乱やモメごとは、あって当然と、覚悟しておいてください。親は、自分らしく、正直に、子どもと向かい合うしか手がありません。ごまかしはききません。父親の悪口は、極力言わないのが、基本です。むやみに好きなふりをすることもないんで、意見の合わなくなったことをたんたんと伝えます。これは夫婦の離婚であり、その結果としての家庭の解体であって、かれらの父親との関係が壊れるわけではないということを、はっきり子どもに伝えながら離婚していくというのが、基本中の基本です」

しかし、基本というからには、応用もある。

子どもの方に、別れた親にたいするこだわりや不満があるときには、それを押しつぶしちゃっちゃあ、気持ちの持って行き場がない。そこで、親の悪口を、思いっきり聞いてやる。ときどきいっしょに悪口もいう。「お父さん」（あるいはお母さん）のいやなところ、きらいなところをさんざんいいあい、それから、好きなところ、楽しかったこともさんざんいいつくしたときに、やっと、子も親も、「別れた」てえ現実を、そっくり受け入れられるんじゃないかてえ、そんな気もいたします。

さて、次は子どもから。

「しろみさん。両親が離婚しそうなんです。三年くらい前から何か変だなとは思っていたし、この一年くらいは父の出張が多くてろくに家にいなかったんですが、まさか離婚するとは思ってませんでした。私は来年高校受験だし、弟は小学生です。いったいどうなるんでしょう。何より家族がバラバラになってしまうのがたまりません」（中学二年の女子）

これは沁みる。肩こり用のぬり薬をまぶたに塗ったときみたいに、沁みる、沁みる。おとなの三十通より子どもの一通。

「人生にはしょうがないことがままあり、離婚というものもそのひとつです。どんな父も母も、子どもを悲しませたいなんてこれっぽっちも思ってないんですが、結果的にそうなる。夫婦というのは、いっそ別れちゃった方が、自分らしく生きられるということがある。子どもとしても、不満でゆがんでしまった親と暮らすより、自分らしく生きてる親と暮らす方が、ずっと健康的である。

家族ってのはいろんなカタチがあるもんです。くっついたり離れたり。アメーバみたいなものを想像してくれればいい。今までの家族も家族なら、これからのカタチもまた家族。次は、いつ、どう変化するのかな？

　さて、あなたは自分のことに、思いっきり夢中になること。親の離婚は親の問題。あなたのせいじゃないからね。感情的には巻き込まれないようにします。

　これからしばらく母にはおとなげない言動もあるでしょう。『地獄』を見てる女のしてることだと思って、大目に見てやってくれると、同じ離婚経験中年女として、おばさんはウレシイ。一時のむかつきにかられて、お父さんが悪いとかもう一生会いたくないとか結論づけてしまわないようにね。解散しても、家族は家族。普段会話のない父に対しても、関係をやり直すいい機会だ。あなたの方から、会ったり話したりする努力をしていくこと。家族ってのは背後霊みたいなもんで、別々に暮らしていたって、あなたが危機に直面したときには、ちゃんとつながる」

　書きながら、きれいごといってんじゃねえと、あたしゃ自分でつっこみ、反省し、ねえ？　反省しながら、やっぱりきれいごとを書きました。

　あたしの経験を言えば、離婚で傷ついた子どもはずたずたのぎたぎたでした、けっしてこんなきれいごとでどうにかなるようなもんじゃなかった。自分の世界が崩れてしまった経験は、空虚で恐怖であった。

　シカシ、たまにはきれいごともしつようですよ、人間ですからねえ。

女と男が出会う。二人で暮らす。二人は二人で、一人じゃない。自分は自分らしく生きなくちゃならない。そしたらときには、離婚をしなくちゃならない。人は臭くてぷんぷんしてェて、離婚てえのはどろどろだ。愛だの家族だのという、きれいごとなしじゃァ生き延びていかれない。

自分らしく生きていこうとしてるのがたまたま「あたし」で、それがたまたま親なんだ。そして子どもは親のあとをくっついてくるしか生きる方法を知らないんだ。一蓮托生てえことばを、その頃、あたしゃ毎日唱えてましたね、子どもらの顔を見ながら（たいてい寝てるときでしたが）一蓮托生、一蓮托生、と。ぎったぎたに、傷つきながら、子どもらは、ついてきました。

離婚につきものなのが未練というもの。

「妻が突然離婚を言い出し、家を出て行きました。妻の荷物も、あれよあれよという間に運び出されていきました。私にはまだ愛があり、未練もあり、復縁したいのですが、友人や母は『計画的にやっているから、男性がいるのかもしれない。戻ってもうまくいかないだろう』と言います。今でもキツネにつままれたようで信じられません」（五十歳、男性）

これも。

「不倫と借金でひどい目に遭わされたはずの元夫を今でも愛しているんだと思います。まだ別れて数ヵ月なので自分の気持ちがわからないだけだと友人は言います。散々悩み苦しんで離婚を決意したんです。矛盾しているようですが、彼と夫婦にはもうなれないと思います。でも夫婦とは違う形で彼と寄り添って生きて行きたいと思う私は馬鹿でしょうか」（三十代）

客観的に女と男の仲を眺めますと、いったん壊れた仲がもとどおりになることは、まず「無い」てえことがわかる。

そこでだ、開けたくない目をコジ開けて、じっくり現実を見る。するとわかってくるんです。別れなきゃいけない。戻りゃしません。

ね？　男女の仲てえのは、戻りません。

いとし恋しと抱き締めあって共寝したものを、傷つけあって、憎みあって、別れるより、このまましらばっくれていっしょにいた方が、どれだけ楽か知れませんけれども、そこォ努力して、離婚に踏み出していくわけです。そうでもしなきゃ別れられません。

早くて三年、遅けりゃ五年、中をとって、まず、四年かかります。

生き別れとはいえ、家族をひとォり無くしたんです。お葬式だって、何回も、ご愁傷さまでしたご愁傷さまでしたっていわれて、またいわれて、頭を下げてるうちに、悲しい気持ちが、おさまっていくんです。あとは時間の問題です。

あたくしは、別れてから四年目に、元住んでいた場所に足を踏み入れることができた。それから、十数年めにして、やっとこの掃除ができた。このあたくしにしてからが。

捨てたい捨てたいと思ってるものにベッドがあって、大きすぎて捨てかねているんですが、これは前夫が使ったものじゃない。前々夫か、前々々夫が、出て行ったときに、家の中ががらんとしちゃって、それで買い入れたベッドでございます。離婚の苦しみをどれだけ吸い取ったか、知れません。しかしその苦しみはもう風化した。捨てられないのはただ大きすぎて動かせないからなんですけれども。

あたくしが今、寝てェるのはこれじゃなく、以前大家さんにもらったベッドです。大家さんだからねえ、買えば高かっただろうと思われるいいベッド。それが大家さんの前夫が寝てェて、出てったまま、やっぱり何年も捨てかねて置いておかれたベッドなんだ。ふっ切れて、大家さんはあたしにくれた。あの大家さんにしてからが。

ねえ？　待ちましょう。いつかかならず楽になります。

師走《しわす》——これから

ええ。だいぶんこの、いい気候になってまいりまして。いい気候てえのは、今どきは「暑くない」てえことで。暑くさえないなら、雪が降ろうが、槍が降ろうが、まあいいかってな気分になっております。このごろァもう、そういうものでございます。という中で、しばらくの間おつきあいのほどをねがいます。

前々々回で「閉経の心得」てえものをおはなしいたしました。前々回では「嫉妬」を考え、前回では「離婚」について考えてみたわけなんですけれども。嫉妬に離婚。あと中絶とくれば、女の苦、ええ、親の介護や子どもの思春期なんていう他人の都合じゃなく、老病死でもなく、あたしらの身にふりかかる苦の、三大苦。

まあそれもそうなんですけれども、そうこうしているうちにも刻々と近づいてまいります、閉経が。閉経ですよ、開経じゃないン。けーがへーッてなっちゃうんです、こりやたいへんなことなんだ。おたァやッとかなんとか声をかけたくなりますねえ。しろみさん、閉経がお好きですねッて人《しと》にいわれます。更年期ってつらいものじゃなかったんですか、ふつう、みんなそういいますよって。

それがね、あなた、こんな楽しみなものはない。自分のからだの変化ですよ。しかも今まで経験したことのないやつ。

自分のからだのことなら、いつも、なんでも、おもしろかった。

初潮の頃はてえと、からだが日に日に重たくなっていきまして、ぶ厚くなっていきまして、毛も濃く、臭いも強くなっていきまして、ええ、なすすべもなく見てました。重たくなるだけじゃなく、自分てえ存在が、もったりと、ずっぺりと、こう、不純不透明になっていくような気がしてました。

からだの変化、おもしろいと思えるようになったのはもっと後で、あの頃は、おもしろくなかった。不愉快だった。なんにも思いどおりにならない。走るたンびに乳房や太ももがぶるぶる揺すれるんですから、うっとうしいことこの上ない。

ついこないだまで、自分のからだはそんなことはなかった。その上少女漫画を浴びるように読んでますからねェ。女の子ってのはか弱くて細くて、まつげが長くて、足なんてぽきりと折れちゃいそうに細くて、体重も体臭もなんにもなくって、その上ブロンドで縦ロールで王子様がかならず来てくれてってイメージを、自分たちに持ってるわけだ。ところが実際の自分ときたら、臭いし、重いし、ふくらはぎははちきれそうだし、おっぱいはぶるんぶるんしてるし、乳首はつんつん突き出てくるし、にきびも次々にできてきて、エエ、つぶせば脂が飛び出してきますよォ。持ってるイメージと正反対の方向へ、どんどんどんどん走っていくわけです。とめようがない。そこに経血まで出ちゃった日《し》にゃ、もうどうしていいかわからない。

その頃ァまだ未経験だから王子様はいると思ってたしね。王子様がいるってえのに、肝心の主人公がにきび面で経血ながしてちゃいけない、そ思ってた。

出はじめの月経は勢いがよくって、こっちも取り扱い方を心得てなかったもんですから、あっちこっちで垂れながしてました。それを「そそう」っていいますが。

え、このことばは、あたしの語彙じゃありません、母から教わったんです、「そそうしちゃいけないよ」ってね。はじめて聞いたときはわかんなかった。「そうそう」でもないし「そう」でも「そそ」でも「そそそ」でもないン。なんだか中途半端なことばだな、と。

時代であります。「もれた」でいいと思うんだが、ムカシの人は「粗相」などと大仰に、大小便といっしょにしないと気が済まなかった。

今は老いはてている母親からは、いえうちの母親じゃなくたって、あの頃の人ァみんなそうだったろうと思うんですが、月経とは「いやなもの、はずかしいもの、かくすもの」とまなびました。その反動でしょうかね、あたし自身は、自分の娘たちに「かくさなくていいもの、あたりまえのもの、おもしろいもの」と教えました。

初潮に思春期がかぶさって、それから出会ったのが、摂食障害。

これは、おもしろかった。

骨と皮になっていくんですな、自分のからだが。どこまで痩せるのかわからない。痩せても痩せてもまだ痩せたい。がりがりの、骸骨みたいなアバラや腰骨を、夜な夜な、鏡でながめてました。理想は、なんだろう、男のような棒っ切れみたいなからだかとも思いましたが、ペニスは別に欲しくないン。

痩せ切ったあかつきに、はれてなりたいのは、死骸かな、と考えた。

しらゆきひめが死んで寝てェると王子様が来て、おおなんて美しいかなんかいってキスします。ああなってああされたいのかなと。シンデレラでもいいですね。あ、死んでれら。なんてえことはいいません。

つまり、これは緩い意味での自殺かな、と。

あるいはどんどん体重を減らしていって、体重だけでも子どもの頃に戻りたいのかと考えました。できたら子どもの頃を通りこして、生まれる前にさかのぼって、消えてなくなっちゃいたいのかな、と。

ところが、摂食障害やってますと、もうやたらと食べることに執着するンですね。食べたいんだったら食べりゃいいんですが、摂食障害ですから食べられませんから、頭の中は食べることばっかりンなる。

してみると、これは死にたいんじゃなくて生きたいんだな、と。

痩せたい消えたい死骸になりたいと考えていたその頭で、生きたいんだ、と、毎日、毎日、再確認していたような気もいたします。

それから、今でいうリスカ。リスカなんてえと昔はレモンスカッシュが出てきたもんですが、今は手首を切るんだそうで。自分をわざわざ傷つける。これは、痛い。ところが「痛い」が続くと、やっぱりそこでも、エエどういうわけか、「生きたい」になる。いやァ、ほんとにおもしろかった。

それから最初のセックスも、ため息が出るほどおもしろかったですな。マスターベーションのやりはじめのセックスなんてものはちっとも気持ちよくない。方がよっぽど簡単なんだけども、男としっついてるてえ快感はある。男の性器がどう大きくなるかとか、どうやって入れるのかとか、知らないことばかりで、たいへんタメになった。若かった頃は、セックスもリスカも同じなンです。「痛い」が「生きたい」で、肉を切らせて骨を断つというか、骨というよりペニス、立つは立っても、絶たれちゃったら元も子もない。

しかし、何よりもおもしろかったのが、妊娠と出産と、それから授乳でしたねえ。おなかだけじゃない、からだ全体が、膨らんだりしぼんだりね、便秘したり下痢したり。産むって行為もうんこしてるのと変わらない快感があったりね。乳房も、信じられないくらい大きくなったり固くなったり、そッから乳を噴き出すてえと、またしなしなって小さくなったりね。さっきからちょくちょく比較してェるペニスってものと、この乳房と、これァうり二つなんじゃないかと考えたりもしましたね。

ええ。ここ数年、月経の始まった日をノートにつけてます。そんなのは女の常識でしょうけども、あたしゃ人間がずぼらにできておりまして、今まで五十年、月経がはじまって四十年、てきとうに月イチで生きてきた。雑誌の締め切りじゃないんですがね。昔からつけときゃよかったんです。せめて自分の月経周期を知って、基礎体温もつけておれば、ついでに昔から性感染症について知っていれば、それからコンドームがへいきで買えるだけの度胸があれば、それからついでに産婦人科にも定期的に出入りしてピルを処方してもらうだけの根性もあれば……。そしたら水子もなかったわけだし、そこで悪たれてる子どももいなかったてえわけで。覆水盆に、二度と、ぜったい、金輪際、なにがなんでも……エエいってるうちに何をいってたのか忘れっちまいましたが、そうそう、覆水でした、とにかく返らずと申します。

ノートによりますと、周期がどんどん短くなってェる。以前はたしか二十八日周期だったものが、今は、二十二、三日周期になってェる。

前よりひんぱんになってるてえことは、月経のやつ、終わるつもりはないんじゃないかとつい不安になりましたが、こればっかりは、いつまでも終わらないなんてえのは、ありませんからね。そう思って自分をなだめた。

じっさい、まず周期が乱れ、周期が短くなり、また長くなり、間遠《まどお》になり、やがてあったりなかったりになり、そして終わるてえかたが多いそうでございます。

定期的にあったものがある日突然なくなるてえかたも、いらっしゃるそうです。

いったんなくなって、再開して、で、また、なくなるてえかたもいらっしゃいます。

つまりは人それぞれで、人生いろいろ。でもしとつだけ確実なのは、みんな終わるてえことで。ええ。みんな終わる。いつか終わる。終わりは来る。……しみじみしてェるところに、メールが来ました。

「しろみさん。聞いてください。うちの夫はやりたがりです」

はい？

驚いたが、つづけて読みます。……なんでもこのかたは、ずっと夫ひとすじ、夫も妻ひとすじで三十年。夫は、妻をみれば襲いかかるという態度を、新婚の頃からずっとくずさないで生きてきたりっぱな男です。「着替えるときもお風呂あがりもへたに裸を夫に見せたりしたら、たちまち」以下略。

「私は数年前に閉経し、更年期症状も落ち着いてきまして、のぼせやほてりももうありません。ただ意外なことに、性欲もあまり感じなくなりました。でも夫のやりたがりはそのままです。性欲について、調べてみると、閉経のあとは性欲が衰えるということもあると知り、愕然としています」（五十六歳）

夫は六十になろうとしてるがいまだに勃起力、性欲とも衰えを見せていない。そこで、不本意にも、いやいやセックスに応じている自分である、セックスにいやいや応じているなどという話を読んだり聞いたりすると、そんな不誠実なはなしがあるか、セックスとは二人でともにするべきものであると思っていた自分である、困った、これから長い老後に、今までと同じく楽しく過ごしていくにはどうしたらいいのかというご相談でありました。

同じような相談はつづくもんです。

「しろみさん。まじめな相談です。わたしはこのごろセックスって大切だと思います。以前はそこまでわからなかった。でもこのごろは、しろみさんが大切よって説くのが、ほんとうに納得できるんです」

十年前に離婚して、今は、二歳若い恋人と定期的に会っているそうで。彼は既婚者だが納得ずくでつきあってェる。彼女の方も、仕事と思春期の子どもたちで忙しい。別に結婚したいとは思わない。

「ただ、二年前くらいから、セックスがとつぜんよくなった。こんなことってあるんですね。それまでもよかったのですが、ある日のセックスからとつぜんレベルアップした。わたしはべつにすごくセックス好きとか、男好きとかいうわけではない。この人とのセックスが好きなんです。彼も、それは同感です。ずっとこうしてつづけていきたい。こんな経験を共有できるなんて、これはこれで、愛のかたちと思います。どんなに年取ってもこのままいけるのか。結婚をしていない分、そこが不安です」(四十五歳)

これから。

女が、男と出会って落ち着いて、今ここにこうある。

若い頃ァいろいろとあったもんだが、女としても、男としても、若くなくなり、もうお互いに、よそでどうこうする気遣いもなくなった。こんな川柳がございます……。

「女房の角をちんこで叩き折り」

こんなのもあるんでございます。

「弁慶と小町は馬鹿だ、なァ嬶《かか》ァ」

このように、しみじみと、二人は平安に暮らしている。

しかァし、そこに、たちはだかるは、あらたな苦難ッ。（べべんべんべんっ）

これから、あたしたちは、どうなるのか。（べん）

シミは、シワは、白髪は、そして体重は、増えつづけていくのか。（べべん）

からだはぶよぶよになるばかりなのか。それより何より、性欲は、持ちつづけるのか。夫はどうか。夫の勃起力はいつまでつづくのか。つづかなくなったとき、関係はこのままか。それとも変わるのか。そして最後は、どうなるのか。

「私の母は、更年期ほど苦しいものはなかったと言っています。実際、私が高校や大学の頃の母は、いつもカリカリしていて、不機嫌で、つきあいにくくてたまりませんでした。私が若い頃に抱えた問題のいくつかは、母のせいもあるんじゃないかと思うときもあります。ところがこの頃気づくんですが、私は、顔も、性格も、考え方も、どんどん母に似てきます。ということは、これから迎える更年期にもあんなに苦しむのかと思うと、不安でたまりません」（四十五歳）

これは、ずっと昔にもらった手紙なんですが、ずっと頭の隅に残ってました。いまだにときどき、この文章が頭の隅を、ふっ、とよぎります。自分の母親を（まだ生きてます、寝たきりですが）見るたびに、よぎるような気もいたしますが。

「更年期を乗り切るひとつの方法は『ずぼら、がさつ、ぐうたら』じゃないかと思っています、ええ、何十年も前に、育児に関して、あたし自身が提唱したことばですが」とそのときあたしは書いた。

「更年期の諸症状は、これは生理のせいだからいたしかたないのですが、それを、よりつらくするのは、性格とストレスとあたしは見てます。ということは、更年期という時期に、できるかぎりずぼらをし、がさつに生き、ぐうたらしておれば、いいのではないか。と同時に、更年期のからだの変化を『つらい、くるしい』と考えずに『おもしろい』と考え、お産のときに母親教室で学んだように、更年期に関しても、きちんと仕組みを知り、情報を集めていけば、苦しさよりおもしろさが先に立つのではないか」


あたしは何でも知っている。前のお二方にお答えいたしましょう。更年期てえのは、こういうことなんでございます。

まず閉経の前後には、数年にわたって更年期症状というものがあらわれる。ほてりや。のぼせや。冷えや。いらいらや。疲れやすさや。ときにはうつや。

同じく更年期の症状として、自分に肯定的になる。行動的になる。自信にあふれる。ものごとにたいして柔軟になる。ポジティブ・シンキングができるようになる。どこでもへいきで自己主張できるようになる。自分の欲望に正確に忠実になる。

いいところもいっぱいあるのに、楽しくて愉快な症状は問題にされず、あるいは「おばさん」などと馬鹿にされ、不快な点のみ症状としてクローズアップされるキライがある。この楽しい症状の方を、けっして忘れないように。

太る。体重が増えた以上に、からだ全体が激しくたるむ。ぶよぶよになって脂肪がつく。着られなくなる服のデザインから、脂肪は、背中と腹まわりに集中してつくことがわかる。ダイエットを試みても、若いときみたいにかんたんには痩せない。むぼうびに痩せると、顔にシワがたまって老けが早まる。

顔のシミが、若い頃のシミそばかすとは比べものにならないくらい醜くひろがっているのに気づく。取りのぞきようがない。シミを縁取るように、シワが刻まれる。ほうれい線が溝を作る。小ジワがさざ波のように広がる。吊り目は垂れる。頰も垂れさがる。あごも垂れさがる。犬でいったらブルドッグ、野菜でいったら白菜のような顔になる。首はくびれてシワが寄る。

やがて閉経が来る。

せいせいする。四十年間、なくなったらせいせいするだろうなと考えつづけてきたのである。たしかにせいせいする。しかしぽかんとして、すーすーして、物足りなくなる。あらー生理用ナプキン、まだこんなにあるよ、こないだセールで買わなきゃよかったてえ感慨は、たしかおむつはずしのときにも味わったものだ。しかし、捨てることはない。紙おむつは使い道がなかったけど、これはとっといた方がいい。あと数年すると必要になるかもしれない。
一、二年たつ。
まだ更年期症状はつづく。諸症状はホルモン療法でおさまるかもしれない。

膀胱炎が頻発する。若い頃の膀胱炎は、セックスのあとを洗わないとよくなったものだ。今頃のそれは、あたしたちの性器についてたはずの自浄作用が衰えてくるからだ。膣の中はせっけんで洗いたてちゃいけないということがわかる。そっと洗いながすだけにした方がいいこともわかる。子どもの頃から教わっていたことだが、ますます、うんこをしたあとは前から後ろへふかないといけないということがわかる。

それから膣の壁が萎《な》えてちぢんで乾きあがる。ペニスを挿入すると擦れて痛い。痛いのはつらい。潤滑ゼリーを使わなくてはならなくなる。でもまた、潤滑ゼリーを使えば、なんなく性交はつづけられるということもわかる。それは、潤滑ゼリーとかリューブゼリーとかいう名称で、どこでもかんたんに、Amazonでさえ手に入るということがわかる。

あとはあまり変わらない。妊娠しないから気楽になってセックスが楽しくなる、人もいる。相談者のように、単純な性欲の減退、ということもある。前々からセックスに消極的だった人は「もうやらない」と心を決める、こともある。

五年たつ。がっくり老いる。

鏡を見て「老いた」と思うだけではなく、実際に皮膚は乾きあがり、シワだらけになる。シワの上に、シミが波状に浮かび上がる。髪がますます白くなり、染めても染めても追いつかない。尿もれがひんぱんに起きる。ここで、使い残した生理ナプキンが活用できる。

骨がもろくなったと診断される。話には聞いていたがいまいち実感のなかった「こつそしょーしょー」が、「骨粗鬆症」と具体化する。血糖値は高くなる。中性脂肪値も、コレステロール値も、血圧も、高くなる。動脈が硬化してると診断される。

それから視力の変化というか劣化、白内障、節々の痛み……。

物忘れが今まで以上に多くなり、やかんをかけては忘れて焦がし、料理の味つけを忘れ、関節が痛く、起居が辛く、あちこちに故障が出てくる。血管はつまり、ときどき破れ、がんになるものはなり、心臓が機能しなくなるものは機能しなくなり、免疫が不全になるものはなり、代謝異常が出るものは出て、つまり老化、それから、ながァい、ながァい、不自由で不満足で不安な時間を過ごして、ゆっくりと、死というものに到る……。

ええ。

これが更年期の全貌と、その後の推移でございます。

別に死ぬことまで考えなくってもいいんだが、ちょうど更年期の女に襲いかかるのが親の介護。ほんとは、女も男もなく、といいたいところですが、やはりどちらかというと、介護の苦労てえものは、女に重たい。親の死に目をしみじみと身近で見てェるから、更年期の女は、老いについて考える、死についても考える。ねえ、おじいさん。

この「おじいさん」は「よその老人」や「祖父」の意味じゃありません。あたしの人生の性的な、生活的なパートナー、それが「おじいさん」。とうぜん「おばあさん」はあたしであります。

ながァアい、ながァアい、時間。ねえ、おじいさん。その頃になっておれば、どんな老夫婦ももうセックスしなくったっていいのかもしれない……。

ところが、ええ、〽なかなか、思うように、いかねもんだ。つまんない歌だと思いながら子どもの頃はきいてましたが、更年期になってみると真実が、歌の中に、一抹も二抹も含まれているのを知る……。

そういう夫婦ばかりではない、てえ相談が、来たんでございます。

「不倫して、ものすごく苦しみました。結果として、愛人とは別れ、夫の元に戻りました。夫のことは好きです。いっしょに老いていきたいと思っています。でも、夫とは今までろくな性生活をしてこなかったということがやっとわかりました。夫はいまだに求めてきますし、それには応じますが、一方的で、わたしには快感がありません。早く終

わることを念じながら我慢しています。どうやりすごしたらいいのか、わかりません」（五十歳）

ほんとにこういうときは重なるもんで、もしとつ来ました。

「このごろ夫の勃起力がつづきません。前からエッチがたいして好きじゃなかったわたしとしてはとても苦痛です。エッチなんて年取って早くなくなればいいと思っています。でも夫はそれでもエッチしたがります。とちゅうで萎えてしまいますから、わたしは勃起が戻るのを、ばかみたいに待っていなければなりません。このまま、早クナクナレ早クナクナレと念じるままに生きていくのはあまりにも哀しいです。救われる方法はありませんか」（三十代）

二度あることは三度ある、と申します。

「今週の相談を読んで、お手紙さしあげる気になりました。同じような内容なので紙面でのご回答は不要です。ただ読んでいただくだけで気が済みます。うちも、夫のペニスが立ちません。医者に行ったらと提案しましたが、激怒しまして、それからは言い出せません。セックスレスに関しては、しょうがないと、もうこれでいいのだと思いますが、この意思の疎通しないのが、とても不快です」（五十歳）

そしたらこんなのもやって来た。

「勃起力がなくなりました。一度それを妻に指摘され、それ以来、セックスしようとするとまったく勃起しなくなりました。マスターベーションならできます」

この人は、数年前に禿げてきたときも、同じような思いにさいなまれたと書いてました。つまり、禿げることで、「男」として力がなくなるように感じた、と。しばらく余《よ》所《そ》の毛を持ってきて隠そうとしてェたが、ある日鏡を見て、これは俗にいうスダレ頭と気がついた。妻に相談したら、中年の男なんだから禿げでいいじゃないの、といわれて隠さないようにした。

「……ものの分かったいい妻です。ところが、勃起しないのは禿げるより格段につらくて、私は妻にも相談していません」（四十八歳）

勃起障害。たしかに楽しいものではございませんねェ。こっちもね、夫婦やってると疲れてんだから、セックスなんかより寝たいなと思う、そこを無理してね、こう一所懸命エロチックな声ェ出してがんばっている。それなのに、立たない、あるいは立ったものがつづかない。快感もない、しぼり出した性欲の行き場もなくなっちゃう、となると……エエ、本心としてはやんなッちゃいますねェ。

でもやっぱり人間ですからね、どんなに相手が困ってるかなあと思えば、なんにもいえなくなるン。彼女や妻に冷たいこといわれてそれでますます勃起障害になっちゃったてえはなしをよく聞きますが、あれは、あたしゃ男のひがみだと思ってます。女も気を使ってると思うンです。相手が気の毒だなと思う。声もかけづらい。でも何にもいわないと気まずいから、なんかいいたい。なぐさめたい。それで、「気にすることないわよゥ」とか「そんなにまでしなくていいから」とかいってみたところォ、エエ、男心にかちんときて、それが命取りになる。

お気の毒さまです。どうにもこうにも、やりきれないはなしで。

これにあてはまるのは、太った？　といわれたときの女の心理じゃないか。

しかしなんにでも救いはある。

ぜんぶがぜんぶたァいいません、いいませんけどもね、たいていの勃起障害は、治療薬が出てますねえ、あれがよーく効きます。もちろんあたしも、やってみましたよ。どの夫でしたかねえ（と遠い目）。

はっきりいいますと、効きすぎて、うっとうしい。ずっと立ってる。いつまでも立ってる。夜のむと朝になってもまだ立ってェる。電信柱じゃないんだから。

最初の一時間くらいはうはうは喜んでるんだが、それを過ぎると、「ちょいとおまいさん、いい加減におしよッ」っていいたくなる。いえ、いいませんよ。いいたいことは、なんにもはっきりいえないのがこの問題。

こっちも若くない。きのう今日のつきあいじゃない。いっしょに年取ってきたという思いもある。なんだかまるで、シワとり手術して、首や手はシワくちゃなのに顔だけぴんぴんに張りつめてるように、ペニスだけ若返ってもらったって困るンです。

その上、あれは一粒がたいそうお高いですよ。もったいないからやんなきゃという気持ち、男にもあるだろうが、こっちは主婦（家計をあずかる女全般という意味、仕事のあるなしは別にして）ですよ。毎日ねェ、十円二十円をつつましィく生きてェるんだ。むだにしてたまるものかは、という勢いで、やりたくなくてもやらざるをえなくなる。もうこの年になったんだから、やりたくないセックスはやりたくない、やりたいセックスだけやりたいって（原則的には）思ってるのに、薬ひとつで、やらざるをえないのかという悲哀。

なんでも最近は、効用が何日間か持続する薬ができたそうです。つまり、いつやってもいい。これに、「やらなくてもいい」てえ選択肢が加われば、いうことないンですが。

あたしゃしばらく夫がそれィ使ってェたとき、心底、むかしの勃起不全がなつかしくなりました。そのときは、エエ、どの夫のときだったか忘れましたが、しばらく使ってェたら、そのうち使わないでもよくなった。つまり、勃起てえのは、かなり精神的なものだということでございます。いったん取り戻した自信が、勃起の力も取り戻したてえ……。

かわいいもんだなァとそういうとき思うン。日々苦楽をともにしてェる者にたいして「かわいい」などと、犬や子どもじゃないんだから、しつれいなはなしですが。

それにしても、あたしゃむかし、こういう相談を聞きはじめた頃、夫婦の問題には、いつも、「話し合いましょう」てことをいってました。

あたしゃ人間として、夫婦の片割れとして、ほんとに未熟だったんです。話し合えると思ってたんだからねェ。ま、夫婦の片割れとしちゃ未熟なのは証明されてるン、でなきゃこんなになんべんも結婚して離婚して結婚して離婚して結婚して離婚してってくりかえすわけがない。

でもね、今は身をもって学習し、フィールドワークもいろいろとして、わかっている。

今は、話し合えるたァ思ってません。

むしろはっきりと、夫婦の問題は話し合えないと思ってェる。

話し合えないから夫婦なんです。話し合わないから夫婦やってられるてえところもある。

カレーの具についちゃァ話し合えます。でも、セックスについては、なかなか、なかなか、話し合えない。「ぺ」っていっただけでも、関係が壊れちゃいそうで。

「ペンギンは南極に住んでるンだっけな」とはいえても、「ペニスが立たない」は、いえない。「ペ・ヨンジュン」ならいえても、「あんたのペニスが立たない」は、とうてい、いえない。「セックスが楽しくないのはどうしてなのか」についても「どうしてセックスしたくないのか」についても、「オーガズムがないんだけど」についても、なかなか話し合えない。

それが、ただしとつだけ、話し合えるキッカケがある。それが更年期です。

「これから」だからです。

睦月《むつき》——おおきくなつたら

ええ。新年あらたまりまして、おめでたいことでございます。昔は学習雑誌の新年号てえと、よく未来の予想図が載ってェました。動く歩道やら顔の見える電話やら、いつもエアコンの効いてる都市《まち》やらは、現実になっちゃってます。車なんかもな、もう昨今は、ちょっとボタン押すだけで、空飛んだり水ン中走ったりな、え？　しません？　へんですね、うちの車はするんですけどね。それにしてもタイムマシン、欲しかったもののしとつでしたが、あれァまだできてません。手に入れましたらな、白亜紀や戦国時代にぜし行ってみたいんですけれども、もうしとつしてみたいことがある。

乗って一気に五十年前にさかのぼり、東京の裏町の、いえね、そこの路地裏であたしが育ったもんですから、そこで遊んでる子どもらをしとり、しっつかめえて、聞いてみたい。大きくなったら何になりたいッって。

いいますな、何の屈託もなく。

おかあさん。

およめさん。

いいましたな、あたしも。みんながいうから、一緒ンなって。

おかあさん。

およめさん。

あたしゃ八百屋のおばさんの、バスガイドみたいな大きながま口をぶるさげて小銭を出し入れするとこや、おじさんに負けないような大声で、えらっしゃァらっしゃァ、と叫ぶ、その「え」てえとこにも、かっこいいなあと子ども心に感動してェたから、
おかあさん。

およめさん。

の次に、
やおやさん。

とつけくわえたもんだがね。

で、またタイムマシンに乗ってびゅうっと帰ってきて、聞いてみたいもんですな、この自分に。大きくなったかい？　なりたいものになれたかい？　って。

ええ。ずいぶん大きくなったし、まだ大きくなってますし、なりたいもんにはなれま

した。やおやさんにはなれなかったが、おかあさんとおよめさんにはなれた。何回もなれた。なったはいいが、そんな素敵なもんではなかったてえのは、みなさん、ご存じのことでしょうからあえて申しませんけども。

ええ、更年期ですな。

「これから」ってとこで、前回は終わりました。もういつだって、テレビだって漫画だって、これからッてときに「つづく」ですからね、ちゃんと山を越えて、下り坂にさしかかってから、ハイおあとがよろしいようでと交替したいと思うんですが、それじゃ次の回で馬力が入らなくッて、ずるずるずるずる下り坂をころがっていっちゃうものですから。あたしがあすこで踏みとどまったてえのも、更年期をすぎると、あとはもう「老い」が待ってるだけてえのを知ってるからでございます。

年上の女たち、もうとっくに閉経した女たちの顔にきざまれたシワが、閉経直前のあたしらのものとは比べものにならないほど、深々としてます。口に出してはいえませんが。

それを日々観察しながら、自分もこの先、もう後戻りできないんだなてえことを日々見極めてェる。

更年期てえのは、表現欲は旺盛だし、いいたいことは山ほどある。勇気はりんりん、弱気を助け、強気をくじく、正義漢《いいおんな》である。その上、羞恥心《しゅうちしん》てえのが、ぐっと無くなる。

向かうところ敵なしなんですが、それでもおいそれとは口にできないことがありまして。何かてえとセックスの不和ですね。夫のペニスがたつとかたたないとか。妻がセックスしたいとかしたくないとか。ことほどさように、これァ微妙な問題です。しかしさいわい更年期。更年期に女のからだが変化するてえのは、だれでも知ってる事実ですからねえ。

そこで、あたし更年期だからって、ことさらに言い立てる。

それが、あたくしの、性生活への、しいては夫婦関係への更年期的提案です。

「ちょいとおまいさん、あたし更年期のせいか、このごろ感じなくなっちゃったのよ」

と今更ながら発見したふりをして、夫に問題のありかを正直に伝える。

「ここをこう押したりつまんだりしたらいいかもしれない、なんとなくそんな気がする」と空っとぼけて提案する。その前に、どこをどうしたら自分が気持ちいいのかを、マスターベーションできちんと知っとかなくちゃならないんですが。

「なにしろあたし更年期だからさァ、乾いちゃって困るから、潤滑剤を使ってみたらいいんじゃないの、どこで売ってるんだろうねえ、なんでも某ネット書店でも売ってるらしいよ」てなことで二人でネットをのぞいて、「あらあ、こんなものも売ってるよゥ、しとつ買ってみようか、ね、おまいさん、あたし更年期だしィ」てんで、ちょっとしたエロ道具を買ってみる。

そんなとこから。だまし、だまし、好きな方向へ、少しずつ。いままでにない冒険ができる。ダレちゃったセックスもすっかり活気を取り戻す。夫とも新婚時のようなラブラブ。うわははは、めでたしめでたし。

てなことになるとあなたは思いますか。

え？　そのためにやっている？　へへ、それが、甘いてんです。

あたしは思いません。ダレる夫婦は、どんなに工夫しても、またダレます。ちょっとの間はよくなっても、いずれまた、ダレたとこへ戻ってくる。ダラダラとつづく。

昔の人《しと》はいいました。「ダラダラだけが人生だ」

そういうもんでございます。

「話し合えないから夫婦なんです。話し合わないから夫婦やってられる」とこないだ申しましたが、ダレてこその夫婦でもある。

ダレない夫婦てえいうのは、ほとんど重力にあらがうようなものなんだから、卑近な例でいいますれば、五十女が顔のシワとたるみに抵抗するようなものであります。たゆまぬ探求心。金に糸目を（それほど）つけないという覚悟。そして、ある程度のあきらめ。この三つがなけりゃァなんにも完遂できません。

「しろみさん。前回の回答は、ショックでした。夫婦って、そんなに話し合えないものなんですか。そんなに努力してつきあっていかなくちゃならないものなんでしょうか。努力せずに、気があって、なんでも話し合えて、暮らしていかれるのが夫婦だと思っていましたが、違うんでしょうか」（四十歳）

ずっと離婚を考えているてえ人だ。暴力があるわけでも、女がいるわけでも、借金があるわけでもない。ただ夫のことが好きになれない、気が合わない。子どもさえいなければ、今すぐにでも家を出たいが、思春期の子どものことと、離婚したあとどうやって食っていくかを考えると、躊躇してしまう、と書いてあった。

「残念ながら努力は必要です。努力するから夫婦なんです。なんだか、根拠のない、結婚式のスピーチのようですが」とあたしは書いた。

ねえ。これはあたくしごとですが。

うちの両親は、結婚して六十年になります。二年前から母は寝たきりになって入院したままで、四肢が麻痺《まし》しちゃってね、なんにもできなくなりましたけど、父は、いまだに夫婦和合の努力をしてますよ。

父は、見舞いに行くてえと、枕元のテレビを、母が見てようが見ていまいがおかまいなしにさっさとチャンネルを替えるんです。

「おい、いいかい、このままにしとくと、夜の八時から『なんとか捕物帖』があるから」などと指示しますから、母はうっとうしそうに「あんまりテレビ見たくない」なんてえね、つぶやいてるんですが、父はおかまいなしなんですな。

「これが夫婦が長続きするしけつなんだ。たとい離れてたって、同じものを見て、わァざわァざ話題をつくる。努力しなくちゃだめなんだよ。あんた（娘のあたし）みたいに何度も離婚してる人にはわかんねえしけつだろうけど」と父はあたしにいいます。

なるほど、一理あると感心しました。こうしてこの夫婦は六十年間いっしょに暮らしてきたのか。

「ついでにいいますと、相手に不満がある場合どうすればいいかについても、きかれてませんが、お教えしておきます。相手は変わらない。これは人間関係の根本です。ということは、自分が変わるしかありません。相手を変えようと思わずに、まず自分のなにかを変えてみる。これがあんがいと有効です。とくに姑や夫など、家庭内の他人とのいざこざに」とあたしはつけ加えた。

転ばぬ先の杖？　ぬかに釘？　臭いものにふた？　いや、たぶん、焼け石に水てえやつですね、今、ここで、ぴったりくるのは。

「しろみさん、セックスがいやでいやでたまりません」というメールは二十八歳の子持ち女から来た。

「夫は定期的に持ちかけてきますが、自分でも信じられないほど、やりたい気が起きないのです。子どもがまだ五ヵ月で、おっぱいやって寝かしつけるとこっちも疲れはてているということもあります。夫のことはとても好きです。彼ががっかりするのは気の毒だなと思うんですが、セックスがめんどくさい。オーガズムなんかもぜんぜんありません」

それはね、あたしもそうだった。あたしが若くて、授乳中の疲れた女だったころには、相手はやりたい若い男だったからねえ。子どもの父親ではあるだろうが、授乳はしてなかったからねえ。ほんとにセックスがめんどくさかった。でも、それだけじゃないね。セックスの相手てえのは、夫と名がつけば、どの夫とのセックスも、めんどくさくてたまらなかった覚えがありますよ。

こちとら、いつも生活に疲れております。ええ、どういうわけか、今まで、余裕持って生きてたことが無ァい。忙しくて、疲れてるてえと、化粧して外に出て人に会うのまではなんとか繕えても、うちの中では、自分自身でいたいと思う。ところが、自分自身でくつろいじゃうと、あるいは自分自身でふだんぎでしっつめ頭で、化粧っ気もなしで、かっぽう着かなんか着て働いてるってえと、なかなかセックスは、できないんですな。「ちょいとおまいさんおしょうゆ取って」といいながら、セックスできたらいいのになあって考えたことがあります。「ちょいとおまいさんおしょうゆ取って」と「ちょいとおまいさんそこそこ」ってのは、同じ声じゃどうもいえないんですな。ねえ。

夫婦てえのは、別れるよりァ別れないほうが楽だ。

セックスは、するよりしないほうが楽だ。

つまり、人とのかかわりは、多いより少ないほうがよっぽど楽だ。

寝るのも一人寝がいい。点けたいときに電気を点け、眠れない夜中には本が読める。おならもできるし、マスターベーションもできる。いつ寝ても、いつ起きても、どんな寝かたをしても、猫と寝ても、犬と寝ても、だれにも何にもいわれない。

夫婦ゲンカも、するよりしないほうがずっと楽だ。コトは荒立てないほうがずっと楽だ。

根本にあるのは「めんどくさい」てえ心の動き。

これァ一見、ただの、人の気持ちのようだが、ウイルスのように侵入してはびこる。伝染する。そして自分を動けなくする。とてもいごこちのいい状態を作りあげて、その中でのうのうとしちゃうから、ウイルスにやられたとは気づかないんだが、じつはとりかえしのつかないことになりかねない。セックスはできなくなる。身なりはかまわなくなる。好奇心がなくなるから、人と会うのもかったるくなる。年取ったときには早々と老いる。

寒いさなかに、いったん着ちゃった下着が、ぬくぬくと自分の体温や体臭を吸い込んで、なじんで、生あったかくなってましょ？　脱ぐと寒いからてんで、何日もそのまま着てるてえことがある。ああいう感じだな。こたつなんかに入ってあったまるってえと、ふぅーんと胸元のあたりから自分のにおいが立ちのぼってくる。

え？　立ちのぼらない？　へ、何日も着ないって？　そうですか？

「ふとひるがえって考えてみて、自分がなぜ離婚しようと思わずに来たのか、とても不思議です」（六十二歳）

この人の相談てえのは、夫についてでもセックスについてでもなくて、相続に関するきょうだいとの不仲についてだったんですけども、書いてるうちに、ふとこの、夫への不満が出てきたわけだ。

「離婚してひとりになることを考えなかったわけじゃありませんが、学校を出てすぐ、二十歳のときに結婚して、それ以来、夫と一緒です。考えてみたら、おとなになってからひとりになったことがないんですよ」（七十一歳）

この人は、格別仲のいい夫婦てえわけじゃないのに、夫が死んだら生きていかれないんじゃないかてえ不安にさいなまれてェた。五十一年間、離れたことのない夫だ。

「しろみさん、先日、わたしの友人が離婚しました。ずっと長いこと、離婚したがっていた友人は、悲しくもなんともないといいます」ではじまったメールは長文で、この人の、夫に対するいらいらや不満がつづられてェた。でも離婚という決意はできない、と。

「お金が腐るほどあったら即座に離婚して好きなことをします。お金があったら、広い家に移り、離婚しないまでも別々に暮らして、必要なときは助け合うということができると思います。たまにしか会わなければ、今ほど神経にさわることもないはずです。でもそこまでのお金はありません。離婚してしまったら、たちまち暮らしに不自由します。夫もわたしも、一蓮托生を強いられているのです。娘がときどき話し相手になってくれ、話を聞いてくれますが、なんとなく父親寄りの意見を言います。それがまた、とてもいらいらします」(五十三歳)

「夫がうっとうしくてたまりません。私の前に、立ちはだかっているような気さえします。暴力はありません。お金の苦労もありません。仕事はちゃんとします。しすぎて、家庭をかえりみないくらいです。浮気はしていません。つまり何も不満がないようですが、愛もまた格別ないのです。もっと心の躍るような恋愛をしてみたかった。これから

希望はあるでしょうか」（五十一歳）

この夫婦。本人によると、はたから見たら、仲よく見えないこともない。でも、セックスはもうだいぶしてない。やるのやらないので気まずいことがなんどかあって、いつのまにかしなくなった。彼女は、いつもしたくないほうだった。長い時間をかけて、自分たちの違いが、くっきり鮮明になってきた。夫にむかついてばかりいる。夫のことを、いやな人間だなと思う。しばしば思う。夫が年取って因業《いんごう》になってきたのか、自分が若かったから気がつかなかったのか、どっちかよくわからない。ところが、そんなにむかついても、根本的な価値観はそう違わない。少なくとも他人よりはよっぽど近いということにときどき気づくので、つまりは離婚するだけの原動力があるかどうかもわからない。でも不満でいっぱいの生活である。

「そのつもりで探せば、心躍ることはいくらもみつかります。でも心躍ることには七転八倒の苦しみが（ほとんどもれなく）ついてくるので、人生はめちゃくちゃになります。あたし自身がそういう経験をしました。後悔はしてませんが、苦労しました。覚悟があるのならすすめますが、険しい道です」とあたしは書いた。

来し方をふりかえってみると、あたしは、だれもに離婚しなさいとすすめてきたわけじゃない。むしろ、離婚しないほうがいいいてえ助言をしてきたほうが多いくらいだ。

ちゃんと離婚について考えてる人ならば、それはそれで、きっぱり突き進むべきと思ってェます。たとえあたし自身が、何回も離婚をくりかえしてるわりには、結婚もくりかえしてェるから、しとり暮らしの経験があんまりなくって、だからしとり暮らしは、耐えられないくらい寂しいと思ってるにしても。

「悩むことはありません。勇気を出して。自分を取り戻すために」となんべんもあたしは書いた。でもそうじゃない人には……そうじゃないんですね、これが。

「老後は、夫でもぞうきんでもいいから、いっしょにいたほうがいい」というフレーズも、なんべん書いたかわからない。

ええ、気に入ってます、この「夫でもぞうきんでも」てえとこが。

「父と母のことでご相談します。娘の私からみたら、父と母は仲のいい夫婦でした。でもこのごろいがみあってばかりいます。母は父がなんにもしないと文句をいい、父は耳が遠くなって意思の疎通もしにくくなり（数年前に補聴器を買いましたが、いやだといって使っていません）、言い争ってばかりいます。年取った夫婦ってこんなものなのでしょうか」（四十五歳）

それで思い出した別の相談。

これは、だいぶ前に、手紙で来たものです。考えてみたら、前のメールと、人こそ違え、内容は同じだった。

「夫は縦のものを横にもしない、昔ながらの男です。家の中で、わたくしばかり働いています。わたくしには静脈瘤や高血圧の問題があり、動くのがつらいのですが、夫は手伝おうともしません。昔からのことなので今更文句を言う気も失せましたが、正直言って疲れはてました」（七十六歳）

それからこんなメールも来た。

「伯父は寝たきりになってずっと施設に入っています。八十五になる伯母は、足腰が弱っていますが、まだ一人でなんとか歩けます。ですが、あまり伯父の見舞いに行きたがりません。行くと、疲れるからと言います。子どものいない、仲のいい夫婦だったのですが、なんと身勝手で、冷たいのだろうと呆れています。このままでいいのだろうか、伯父が亡くなったときに、伯母は後悔しないだろうかと心配しています」（四十七歳）

長く連れ添うってえと、夫婦てえものは空気のようになるとか、以心伝心だとか阿吽《あうん》の呼吸とか、まあ、いろいろいいますな。しかしそれはみんな、せいぜい中年から初老のうちで、からだが自由に動くうちのことかもしれません。

ふつう、ヒトは空気とはセックスしませんから、空気のような夫婦てえことは、はやばやとセックスレス。ということにはならない？　こりゃまた失礼をば。

老いますとね、人てえものは性格が変わります。

どう変わるかてえと、今のああたの性格をまずはっきり把握してごらんなさい。いいとこ、悪いとこ、いろいろとあるでしょう。その悪いとこだけ、取りだしてごらんなさい。

たとえば、人の話をきかない、とかな。人の悪口を言う、とかな。人を見下す、とかな。ケチである、とかな。人使いが荒い、とかな。しみったれである、とかな。甘ったれである、とかな。愚痴っぽい、とかな。

年を取るということは、そこが、強調されるてえことです。いいとこは……まああまり強調されませんねえ、悪いとこばかり強調される。

人の話をぜんぜんきかない。人の悪口を聞き苦しいほど言いまくる。何様かと思うほど人を見下しながらこき使う。どケチである。救いのない甘ったれであり、一日じゅう愚痴ばっかりいっている。等々。ふたァりで住んでるご夫婦なんてえと、そのいやなとこばかり目につくからたまりません。

その上、耳が遠くなって、会話に加わりにくくなる。取り残されるからよけい偏屈になる。

からだも不自由になってきて、掃除はつらくなる、洗濯も買い物も料理もつらくなる。従来どおりの関係性だと、夫は外に働きに、妻は家事と夫の世話。それが、年を取れば取るほど、社会とのかかわりが少なくなり、家事と夫の世話だけが残り、あいも変わらずシモベのように立ち働いてるおばあさんと何もしないでぶっ座《つあ》りこんでるおじいさんという構図になり、空気中に、どんどん不満がたまっていきますねえ。なにしろ、おたがいが空気だから、遠慮なんかこれっぽちもなくなっていて、売り言葉に買い言葉が空気中を飛び交う。

これがふつうの老夫婦。つまり、今あげた先の二つの相談は、老夫婦のありかたとしては、ごくふつうです。三つめの相談も、これもまたごくふつうです。からだが動いてるうちァ他人のことをあれこれ気遣ってやれるけども、自分のからだが動かなくなってくると、他人より自分てことになるんです。ええ。どの年寄りも、みんなそう。

こんなことをなんであたしが知ってるかと申しますと、うちの両親を観察してるのと、両親の世話をしてもらってるヘルパーさんに、話を聞いたことがあるからです。「どこのご夫婦もみんなそうですよ、いがみあって生きてます、でも、それでも夫婦なんですよ」と百戦錬磨のヘルパーさんはいいました。

ねえ。心理学のほうで「ストローク」てえ考え方がありますよ。訳してみれば「撫でる」とか「手のひと動き」とかいうことで、そのココロは「その人の存在や価値を認める言動や働きかけ」。

いやァ学問のことばは固くって、どうも、こうして書き写してるだけでもどっかぶつけたら痛そうなんですがね。ええ、ちょいと学のあるとこを見せようと思いまして。

とにかく、人が人に関われば、肯定的なのも、否定的なのも、甘いのも、辛いのも、みんな「ストローク」てえことになる。

いちばん良くないのは、「ストローク」がないこと。人に無視される状態が、人間としてはいちばんつらいのだといいます。

そう考えると、この老夫婦のとげとげしいつきあいかたも、それなりに「ストローク」。無いよりゃマシの「ストローク」なんですな。

老後てえのは、どんどん人づきあいが狭まっていくもんです。

退職すれば職場から離れる。職場から離れれば、人の出入りも少なくなる。

親が老いれば子どもは育つ。

育ちあがったらどこへ飛び出していくかわかったもんじゃない。

子どもがいなくなれば、ふたアりぽっちになる。人の出入りは、ますます減る。

いやもちろん、趣味で何かやってたり、ふだんから友だちが多かったりすれば、話はべつだが、そうじゃない人もいっぱいいる。

その上さらに年取ると、例の、セックスをさせない「めんどくさい」ウイルスが活発になってくるから、新しいことができなくなり、興味の範囲も狭まっていき、日々が平坦に、単調に、つまらなくなっていき……。ええ。閉じていくんですな。

別にやることもない。めんどくさいから、やることをわざわざ探そうてえ気力もない。日がな一日ぼーっとテレビを眺めていられるてえのも、そういうわけだ。

そのときに、長年連れ添った空気どうしが、諸般の事情で、ついけんか腰になって、とげとげしくなって、売り言葉に買い言葉でね、ええ。これだって、りっぱな「ストローク」。だァれも訪れてこない家の中で、しとりでぽつねんとしてるよりは、「ストローク」出し合って、いらいら、とげとげしてェるほうが、ずっと健康的なんじゃないか。

とあたしは考えてたんです。去年の今頃まで。確信してェたといってもいい。どんなストロークでもストロークはストロークだ、文句あるかッてね。

ところが、世の中にァ知らないことがいっぱいあります。某朝日新聞で、某月某日、こんな記事を読みまして。あまりの結論にあたしは吃驚《びっくり》仰天《ぎょうてん》周章《しゅうしょう》狼狽《ろうばい》、ってそれほどでもないが、とにかく、おもわず切り抜いて取っておいた。それが去年の今頃だ。ええ、事実だけ、ざっと申しあげますから。聞いておどろくな。

愛媛県の某所で、六十から八十四までの男女三千人を、五年間調査した結果、女は、夫がいる方が、いない場合に比べて死亡率が2・02倍に高くなった。一方、男は、妻がいる場合、いない場合に比べて0・46倍に下がっていた。……つまり結論として

「夫が妻にぶらさがって生きてるので、妻はストレスのあまり、命の危険にさらされる」

てえことだ。

その研究をした人が「夫が家事などを覚えて自立することが大切だ」てえコメントをしていたけども、なんだな、これじゃストロークどころじゃない、ストライクでバッターアウトだよ。

「ちょいと、おじいさんや」

「なんだい、ばあさんや」

「おまいさんのせいであたしの命がちぢまってるんだよゥ、早いとこ死んじゃっておくれよ、後生《ごしょう》だからさァ」なんて会話が、こたつの前や介護ベッドのわきでささやかれてないともかぎらない。

ねえ。それでも夫婦は別れないんです。

どんなに不満たらたらでも、おもしろくない、つまんないという絶望にさいなまれても、タラーリタラーリ、夫婦で、四六《しろく》の蟇《がま》みたいににらみあいながら、ありゃほんとに生きてるのか。死んでないてえだけにみえる。たくさんの夫婦が、別れないまま、老いていき、片方が片方を看取り、泣いて送る。そしてぽっかりと穴をあけて待っている孤独に呑み込まれていく。

ここで最後にもうひとつ。ずっと前に来た相談を蒸し返す。

「基本的に、『寂しい』と向き合っている生活です。仕事と猫とときどきデートする男とで紛らわしていますけど、男にはそこまで夢中になれません。たぶん家庭持ちで、誕生日、クリスマス、お正月などは望むべくもないからでしょう。そしてそういう特別な日に、わたしは一人っきりで寂しさにのたうちまわっているのです」(五十歳)

ねえ。

一人で向き合う寂しさと不満だらけで夫と暮らす寂しさ。

「ぞうきん」は、あったほうがましか。ないほうがましか。

もう一回タイムマシンでびゅうんと帰って、あの裏町の路地裏で遊んでェる子どもを一人しっつかめえて、聞いてみたい。「ぞうきん」がほしいかどうかについても。

それから、悩まないですむように、しみつをしとつ、教《おせ》えといてやりたい。

知ってたかい、大きくなったら、いずれにしても、しとりになるんだよッて。

如月《きさらぎ》——えろきもの

ええ。お運びで、ありがたいことでございます。

この頃ァ春めいてまいりまして。浮かれまして。ちょいとこないだ、ふらふらッと、コンサート、てえものに行ってきましてね。ええ。もうすぐ春かなァと思うと。浮かれまして。音楽はたいていＣＤかなんかで、音だけで聞いてェます。こうやって、たまに行きますてえと、コンサート、おもしろいもんですね、音をつくっていく様子が目で見える。それを見ながら、考えました。

ああ、指揮者が偉そうにしている。指揮者のいうことに、みんながよろこんで従ってェる。これァ「群れ」の動物だからできることだ。

人間のほかに、これができる動物ったら、ニホンザル。ハスキー犬。プレーリードッグ。アリ。みんなもう喜んでね、ついてきますねえ。ハスキーなんかね、わんわんわんわん、うるさくって楽器の音が聞こえないン。

一方ライオンはてえと、室内楽ならできるが交響曲は無理だ。群れで動《いご》けることは動けるけどもォ、あんまり大きい群れはいけないねえ。

ところが、トラになりますと、単独生活してますからね、独奏しかできない。交響曲なんてとんでもない。

「おいおまえ、いっしょにやんなきゃだめじゃないか、そうしとりでつっ走ってちゃァ」

てえとね。

「なァによゥいってやンでえ、金魚のフンじゃねんだ、いっしょにやるなんざァお断りでいッ」

「そんなこといわねえで、おれたちゃ楽団だよ、おれが指揮者なんだよ、ちっとはいうこと聞きなよ」

「いやなこった、おらァ人《しと》のいうことは聞かねえことにしてンだ」

「ちぇっしょうがねえなどうも……。おいおめえは？」

「いやおれは……」

「おっ、なんか下手に出てるね、いるんだね、こういうのが、トラにも」

「いやおれは、人のいうこと、聞けりゃ聞きてえんだが、聞けねンだ」

て」

「なんで？」

「おやじの遺言《いいごん》だ、何を聞いてもいいけども、人のいうことだけは聞いちゃいけねえって」

「だめじゃねえか、それじゃァ……。じゃおめえは？」

「人のいうこと聞くと、じんましんが出る」

ってんで、みんな勝手にやってェる。あっちでぴー、こっちでぷー。ねえ？　これがほんとの、音をー、消す、トラ。

てなことをね、ええ、考えて……よっぽど演《だ》し物《もの》がつまんなかったんですね、そういうこと考えてるッてのは。

人ってえのも、ああいう音楽を嬉々として演奏してェるくらいだからね、群れの動物には違いないんでしょうけども、どうも、根っこのところでは、一人《しとり》になりたい、しとりでいたいって気持ちがある、ように思われる。ところが、しとりになってしまうと、こんだァ、人に会いたい、かかわりたいてえ気持ちが出てきて、もうそれは、性欲てえものと紙しとえ、いやもっと強い。寝るとか食うとかの欲望にちかい。

そんなことも、考えた。

ええ。今月は春らしい相談が多うございましたな。

まずこんな、もものはなみたいな相談が。

「女性が（付き合っている人がいないときに）、お互い『割り切り』と同意してる男性とエッチすると、周りから『本当に好きな人と付き合うとき後悔するよ』などと戒められますよね。恋愛感情はないけど、エッチはしたい（もちろん誰でもいいわけではありません）のはおかしいでしょうか」（三十一歳）

つづいて、ど満開のさくらばなちるみたいな相談も。

「この頃性欲がありすぎて困っています。生きづらくて堪りません。主人にしようというと苦笑いされます。それでしょうがないから、バイブを使って一日に何回もオナニーします。それから、椅子にすわっているとき足を組んできゅっと締めてみると、何回でもイケます」（五十歳）

ええ。

性欲があるときにセックスする。

基本ラインは、間違っちゃァいません。

間違っちゃァいないのに、どういうわけか、そういうことに、なってません。

人の心と、人との関係、人の文化と、人の社会、それから生理が、キチンキチンと割り切れる世の中になったら、そういうことができるんでしょうけどねえ。割り切れませんから、できません。おあいにくさまです。

あたくしの若い頃は、性欲なんて二の次で、自分のカラダをタンポにして男の心をゲットする。いや、実は男の心も二の次で、自分のカラダをタンポにして、自分を確かめたいだけ、いやもしかしたらそれも、自分も男もどうでもよくって、ただ性欲だけがあった……のかもしれないけど。

ところが五十になりますと、好きなときに好きな人と好きなようにセックスすることができるようになり、反面、好きな人と好きなときに好きなようにでないと、セックスしたくなくなり、条件がととのわないてえと、セックスなしで何ヵ月も何年もすごせる便利なカラダになりました。

「とにかくあなたの考えは、基本ラインでは正しいんですが、なかなか応用がきかないのが現実です。相手も、よくよく吟味して、同様の量と質の性欲と同様の考えをキチンと持ってる人を選ばねばならない（そして、それはけっこうむずかしい）ということを心しておいてください」とあたしは書いた。

二つめの、性欲ありすぎの相談なんてな、以前《まい》ならバレリーさんが大騒ぎするところだ。ところがこないだメールソフトを替えまして。そしたらいっしょにバレリーさんもいなくなっちゃった。今はメールが来るてえと、「ちんッ」とガラスのコップを箸で叩いたような音がする。

「ちんッ」と来ると「なむあみだッ」て方に、気持ちは行きますからねえ、寂しゅうございます。バレリーさん、今頃どうしているのやら。

　さてこの相談だが、どうしたらいいか。何か手はあると思いますよ、いや実は、手があるのを知ってるんですが、この人が大切に思ってェる家庭というものを壊さずに、それができるとは思えない。

　でも、生きづらくて堪らない。

苦しい辛いというときは我慢してないで医者に行け、てえのは、長年身の上相談やってますと思うことのしとつです。どういうわけか人は心の医者になかなかかからない。胃が痛けりゃ胃腸科へ、ケガをしたなら外科へ行く。当然でしょ。ねえ？　痛いも辛いもおんなしなんだ。心が痛けりゃ精神科へ行く。これも当然ですからねえ。

　それであたしは「内科精神科漢方全般藪井医院」の先生にきいてみた。これはね、以《ま》前《い》に出てきた「藪井皮膚科医院」の弟さんがやってる医院。このへんにはあと「やぶい歯科」と「藪井外科胃腸科クリニック」とタヌキの住んでる竹藪がある……。

「藪井先生ッ、やぶいさんッ」

「おいおい人聞きのわるい、やぶいしゃとわざといってないか」

先生いそいで出てきたから、こういうときはどうしますかッてききますとな、

「ああ、そういう症状なら海馬《かいば》補《ほ》腎丸《じんがん》、性欲減退によく効きます」

「性欲減退して困ってンじゃなく、性欲減退したくて困ってンです」てえと、

「そうか。じゃァ鯉こくはどうか」てえン。

「お乳出そうってんじゃないんですから」てえと、

「そうか。じゃァみみずにしょんべんひっかけたら」

「腫れるもんがないから困ってるんですから」

先生、花いちもんめかなんかと間違えてる。やがてウームと腕組みすると、

「ウウム、漢方には見あたらないが、抗うつ剤、気分安定剤なんぞを使えば、症状が軽減する、可能性がない、わけじゃない、かもしれない」

「先生、もっとはっきり」

「ウムム、軽減好色鮮《けいげんこうしょくすく》なし腎《じん》」

「その心は？」

「その心は、適量のセックスを適宜適度にすることはなかなか難しいものだ、と」

「なァるほどォ」

「性欲が強いのがこの人の個性なんだから、これはこのまま、性欲あっておおいにケッコウと自信を持たせ、マスターベーションを奨励すればいいんじゃないか、せっかくあアたのような民間療法に頼ってきてるのに、わざわざ病気になって医者にかかることァ

ない」

民間療法はよけいだが、これァ存外名医かもと思ってると、先生、神妙な顔をして、

「名案を思いついた」

「なんですかその名案てなァ」

「小生が、ボランティアをしてさしあげる」

ちょっと聞きには、名案ですけどもねえ。やってごらんなさいよ。先生は腎虚で、家庭は廃墟。「か」も「てい」もなくなっちゃって、暗雲ていめい、離婚はかくてい、いっそ死にてい、てなことになっちゃいますな。家庭なんて、なくしちゃっていいんだと、覚悟がついてるなら、話は別だ。

え、こういう性欲を、仮にですな、「絶対性欲」と名づけます。何をしなくてもわきあがる性欲。この人みたいに強すぎるのはともかくとして、マスターベーションなんてのはな、この「絶対性欲」があるからできることだ。

マスターベーション。長くッて舌ァかみそうなのに、なぜオナニーといわないかといいますと、オナニーてえのが手垢がついちゃってることばだからですな。短くて使いごこちがいいから、使いたいんですけども、使いません。

で、マスターベーション。あれのもとになる性欲てえのは、「ポッキー食べたい」で

ある。とあたしは経験から、こう申します。ねえ？

セックスしたいてえのが極上ケーキを食べたいてえ欲望ならば、マスターベーションはポッキーだ。性欲にはちがいないが、ポッキー食べたいなと思うときは、ケーキは別に食べたくない。だれかが「さしいれだよッ」てんで、持ってきてくれれば、据えゲーキ食わぬは女の恥、チョコレートケーキでもエクレアでもおいしくいただくんですけども、だれも持ってきてくンないから、とりあえず、ポッキーでぜんぜんかまわない。いやむしろ、構えずにちょいと食べられるから、気楽である。で、「ポッキー食べたいなあ」と昔からちょくちょく思ってきましたとも。

「絶対性欲」の対極に位置するのが、え？　無性欲？　いやそこまでいっちゃっちゃァいきすぎなんで、こんなところで「ちんッ」と来た。

「ひとつ気がついたことがありまして、それは『セックスを忘れた体はほしがらない、セックスを思い出した体はほしがる』という単純な事実でした」（三十七歳）

こういう性欲を、「場面性欲」と、あたしは名付けてます。つまり、なけりゃないで、さばさばしていられる性欲てえことだ。沙漠のカエルみたいに、雨が降らなけりゃ砂の中でジッとしてェる。雨が降ったら一斉に飛び出して、鳴いて、交尾して子孫を残すという……。

この人は独身なので、何を思い出してもとりあえず後腐れはない。ずっと好きだった人とやっとむすばれたが、相手の態度が煮え切らない、なかなかセックスする機会が持てない、という相談であった。

「場面性欲」の人の方が多い、てえのがいろんな人の相談に答えてきたあたしの感想です。だから相手が目の前からいなくなるてえと、もうさばさばしちゃう。ほとんどの人が、じつは、そっちじゃないか。

「夫ができなくなったら、さばさばするだろうと思ってましたら、かえって面倒くさかったです。さわるかさわらないか、おたがいに牽制し合ってるような日々がいたたまれません。しないならしないでいいと思うのに、夫がときどき手を伸ばしてきて、やりはじめるのですが、いつも中途半端です。勃起もきちんとできないのに、勝手にさっさと射精してしまって、はいおしまい。ほんとに、泣きたくなります」（五十代）

「場面性欲」の女もね、「ああやりたい」というのは、好きな男を前にしたとき以外、意識の表面に、あんまり、それほど、のぼってこない。好きな男、ええ、好きな男ですけどもね……おっと、なんか忘れてると思ったら、夫だよ。ほほ、たしかに。昔は好きな男だったんですがね。見慣れちゃいましたね。「ああやりたい」などとは、ええ、間違っても思わなくなりましたね。ええ。

諸行無常でございます。

そういうわけで、日常生活の中ですっかり忘れてさっぱりしていたものを、夫の手で、いじくられる。こっちも人の子だ、相手の「やりたい」って気持ちはわかるから、じゃ応じてやろうかと一所懸命に気持ちを集中して、記憶の、奥ゥのほうにしまいこんであった性欲を、かき集めてくる。

ずっとしまいこんであったから、錆びてたり、萎《しな》びてたりしてェて、ええ、なかなか「ああ、やりたいッ」とはいかない。そこを、夫のためを思って、一所懸命、かき集めてこねまわし、のばしたり、声を出したり、演技したりして……なんだかんだとやってるうちに、なんかこう、膣のあたりがむずむずとしてくる……。そこをぐいっとつっこまれるとか、出たり入ったりされるとか、なんかそういうことになるてえと、ええ、とっても気持ち良くなるものなんですが、この人の場合ァ、ふにゃにゃけたペニスが半身、入ったか入らないかで射精されちゃうわけでしょ。そりゃたまらない。できないならできないで、その後、妻がきちんと性欲をなだめるまでつきあってくれたらいいのに、そうならない。想像しただけで鳥肌が立つくらい気持ち悪いことですよ。

でも男のほうにしたら、居ても立ってもいらンないくらい、苦しい事態だろうと思うんです。女は「ああ気持ち悪いッ」ですむけども、男は、「自分」てえものが、根底からぐらついちゃうわけですから。

なんでも、問題がありゃァ解決しようとするでしょ。ね？　電球が切れてりゃ買ってきて付け替える。風邪をしいたら風邪薬を飲む。ねえ？　セックスができなけりゃァそれを直そうとするのが、ただしい道だ。

「夫婦和合は家庭の円満。手に手をとって、さらなる努力をいたしましょう。まず、夫は泌尿器科に行き、勃起障害のための薬を処方してもらう。挿入をスムーズにするための潤滑剤を買いもとめる。バイブレーターなどのセックス用具を買いもとめる。そして、日常の生活から離れて、心機一転、ラブホテルに行って、二時間でも三時間でも、二人だけの時間を思いっきりセックスに費やす」とあたしは書いた。

ところが。たいていの方は、ここまでの努力はしません。それが、おかしい、てえン。片方が、「ねえおまいさん、お医者に行っておくれよ、いい薬があるってよ」かなんかいっても、なかなか、医者には行きたがらない。ペニスが立たないってことで「自分」がぐらついている。立たなけりゃ男らしくない、男じゃない、つまり勃起不全で医者に行くことは、自分が自分でないことを暴露してるようなものだ。ええ、ただの偏見なんですよ、これァ。

ほほ、やっとキイワードが出てきた。これを、探しておりました。

「男らしく」と「自分」てえ、キイワードです。「男らしくない」は「女らしくない」にもつながります。「自分」は「他人」につながります。

こないだ、更年期の性についての某サイトで、「スキンシップが大切です」てのを読みまして。「スキンシップ」とはなにか。一瞬わかりませんでした。

だってね。「スキンシップ」、直訳すれば、肌の触れあい。子育てのときもさんざんいわれました。だっこしたり。おててつないだり。なでたり。さわったり。

しかし、二歳や三歳の子どもじゃあるまいし、昔はがんがんセックスしてたおとな二人が、まだそこまで枯れ果ててもいないのに、だっこしておててつないで、それで満足できるのか。で・き・ま・せ・ん。

ズバリいいましょう。スキンシップとは、相互マスターベーションです。それをボカしていってるだけ。膣が乾いた場合には、どこにでも「潤滑剤を使う」とちゃんとかいてある。スキンシップだなんだと口を濁らせてるのは、男の、勃起が、不全で、挿入できないときですよ。

勃起不全のためのリハビリ手段としても、いっしょに横たわり、挿入以外のことをなんでもやってみる、時間をかけて、ゆっくり、というのがよくいわれます。挿入しかけて、できなかったら、がっかりしちまって、ペニスだけじゃない、気持ちも萎えますから、挿入は焦りません。双方ともに経験者だ、どのくらい堅けりゃ入るか、入って気持ちよく動けるか、わかりましょう。それが確認できるまでは、挿入はしません。

「挿入なし」は「代替手段」じゃないんです。

前立腺をシゲキするととってもイイとか、グレフェンベルグ・スポットという場所も（俗にGスポットっていうんですが、あんまり手垢がついていてイヤラシイので、フルネームで呼んでみました）シゲキするととってもイイとか、まあいろいろと、ご自分で研究してみてください。

相互マスターベーションこそ、更年期セックスのゴール。夫が勃起しなくなったとしても、これさえあれば、オーガズムを、しいてはセックスをしつづけられる、てえことです。

夫の指で妻が、妻の指で夫が、てえわけですが、最終的に、夫の前で、自分の指で、自分を触ることができたらさらにいい。だって自分のからだは、自分のほうがよく分かってるわけですからね。しかしこういう提案を、抵抗なしに受け入れる夫が、いったいどれだけいるか。セックスはね。男本意じゃ、絶対、ダメなんです。すごく不公平なんで、女の口からは、じつに、なんとも、いいにくいンですが、たしかに、やってみるてえと、そうなんです。

かなりの夫たちが、できないと、脱落していくのは必定です。哀しいことですが、それが現実、たいていの男たちには、女を思いやる余裕も、経験もありません。あなたの男がそういう男で、でも好きだから関係は壊したくないとあなたが思ってるンなら、ええ、おあきらめください。ほかにいくらでもおもしろいことはあります。

そこへ「ちんッ」と来たのは、男のかた。

「どうすれば見つかるかはわからない。でも、いるんじゃないかなと思う。なんで思えるかはわからないけれど、思いたい。セックスのことがはっきり話せて、おたがいがおたがいを理解し合えて、それは夢ではないと思う。探すしかないです。困難ですが、探すしかないです」（五十九歳）

この人が、困難を承知で、何を探してるかてえと、愛があって、セックスができる「パートナー」。今、同居しているパートナーとは、性的には没交渉、相手も無関心。そしてそれでは幸せではない、と。

「しかし仮に私に別にそういうパートナーが現実に現れたとしたら、今の人とどうなるのか。没交渉だから、去ってくださいというわけでもないでしょう。それはすぐさま反社会的行動になってしまう。じゃあ探さないのかというと、そうもできない。ですから、とりつかれています。性は、そういうふうにして現れる。客観的にみられない。いくら理屈をいおうが、現実のパートナーのことで押し流されてしまう。そして納得しようにも、欲望はそういうことでは納得されない。仕事があり、寝る時間があり、朝がくるというのは、かすかな救いです」

仕事があり、寝る時間があり、朝がくる。

なんてえ切ない言い方だろう。

あたしは、だめなものはだめだってことで、あきらめかけてました。女がみんなで、手に手を取って絶望していればいいんじゃないかと思ってました。絶望、なんてきれいなことばだろう、と。ところが、どっかで、こんなに真剣に、セックスしたいと思ってェる男がいる。

そこであたしは必死で書いた。

ラブホテル。

相互マスターベーション。

セックス用品の購入に、挿入なしのゆっくりセックス。

しかし相手はセックスです。いったんできなくなっちゃったものが、この程度のアドバイスで、ふたたびできるようになって、うはうは喜ぶなんていうことがあるのか。じつは自信がまったくない。はははは(自嘲?)。

「セックスについて、ふだんから忌憚《きたん》なく話し合うってことと、おたがいを尊重するっていうことが、できていれば、勃起不全も、膣が干上がるのも、問題ではないハズ。ふだんからセックスの快感をちゃんと知っていさえすれば、そんな程度の不都合で、やめたくなるものじゃないハズ。あなたがパートナーを探すように、あたしは日々の積み重ねでなんとか現状が変えられるんじゃないかという夢を追いもとめます。

それと、大切なことをお教えします。女の子あがりのおばさんたちは、ほとんど全員、男の子あがりのおじさんたちが想像もできないほど、ロマンチックで、恋愛至上主義者です。みんながみんな、いくつになっても、おもしろいくらい、そうなんです」とあたしは書いた。

そしたらすぐにその人から返事が来まして。

「セックスは私の欲望なのに、他者がいないと成就されない。ところがその他者は私ではなくて、私とは違う欲望と人格を持っている。だから、お菓子を食べるようにはいかない。たぶん、昔の人はそういうことを知っていたから、むやみにセックスの欲望を肥大させることを恐れたと思います。私は、恋愛至上主義ではないけれども、相手を好きになって、世界が変わって見えるようになり、生き生きとしていくというのは、とてもすてきですよ」

ああ、いい男なんだなッて、そう思った。相手が見つかることを祈ってます。

次の「ちんッ」は女から。

「昔は男には不自由しなかったのに、もう三年も相手ができません。これからもできないと思います。セックスレスで生きていることに不自由はなく、いたって平和です。ところが、この頃ドラマや映画に出てくるイケメン俳優にすごく心をひかれます。むなしい、あさましいと思うんですが、やめられません」（五十四歳）

わかります、わかります。

あたくしにもおりますよ。心の栄養、目の保養。

だれかてえますと、はい、岡田准一《おかだじゅんいち》。

この頃あたしゃ夢中だったンでございます。いつか書ける日を待ってました。やっと来た、その日が。もう春ですからね。ちょいと浮かれます。ええ。

最初は同世代の女友だちが、何人も、いいよ、いいよ、顔はいいし、動きもいいし、おもしろいし、てえから、どれ、てんで借りてきて見た『タイガー&ドラゴン』。

いやこれが（ため息）。

浜の真砂《まさご》は尽きるとも世にいい男はいつまでも絶対尽きまじ。字余り。

それからさかのぼって『木更津キャッツアイ』も。その映画版『日本シリーズ』と『ワールドシリーズ』も。

それから『フライ、ダディ、フライ』も。不本意ながら『tokyo tower』も。いや、オダギリジョーが出てるやつじゃないン、別の映画。残念なことに黒木なんとかという美人女優の相手役だ。よその女が出てくるてえと、心穏やかでいられませんよ。『SP』はムキムキ。すてき。でも前の、あどけない頃がちょっとなつかしい。つまり、今の岡田准一は、もっとおとなの男の岡田准一なんだけども、あたしの心の中の岡田准一は、いつまでも、二十代になったばかりの岡田准一。

岡田准一と何をしたいかと聞かれれば、やっぱりアレです、落語の『藪入り』。

准ちゃんが家に帰ってくるてえ想定です。

ええ、どうも、骨の髄まで所帯じみてます。

実は、若い男の子ってよく知らないン。愛人なんかにゃ絶対したくない。会うまでに、一年くらいかけてエステ通って、贅肉落として、整形でもしないと会いたくない。お金かかるし、そうこうしてるうちにもどんどんこっちはばばあになるし。

だから素顔で会える息子に、ああいうのがいたらいいなあと。

准ちゃん、藪入りでうちに帰ってきます。好きなものいっぱいつくって食べさせて、洗濯物を、ぜんぶよ、ぜんぶ、といいながら出させて、洗って干してたたみながら、あー若い男は臭くてまいっちゃうわと、すーはーすーはー深呼吸する。それから、ちょっと准ちゃん、あそこの電球切れちゃったから替えてよ、といいたいが、准ちゃんあんまり背が高くないから、お友だちの長瀬《ながせ》くん呼んできてと誘わせ、長瀬くんに、おばさんこんにちわとかいわれながら、あらー悪いわねえ長瀬くん、あそこの電球届かないのよ、ちょっと替えてくれないかしら、などと使い回し、何か食べさせ、おばさんうまいっすこれ、なんていわれてやにさがり、やがて長瀬くんは家に帰る。それから、准ちゃん連れて買い物にいき、ふだん重たくてなかなか買えない園芸用の土などを買い、准ちゃん持ってね、とこき使い、ちゃんと持ってよ、それじゃだめよなどと指図して従わせ、それから家に帰り、勉強しなさいのかたづけなさいのうるさくいっていやがられる。いやよいやよもすきのうち。

えろきもの。と昔々、清少納言がいいましたな。

岡田准一のずりさがりたるズボンの腰。と揺《ゆ》りかう揺りよたり歩きする。にゅとつきでたる筋肉もりもりの腕。しのびたる涙目。細き指先。挟める煙草のわなわなとふるへたる。秀でたでこっぱちもまたえろし。

しかしながら、岡田准一に夢中ンなってるうちに、しだいしだいに心に焼きついたのが西田《にしだ》敏行《としゆき》。『タイガー＆ドラゴン』では、岡田准一の父親で、長瀬智也《ともや》の師匠でありました。

この人ァ昔からあんまり変わってない。つまり親子役はやってても、若かった頃に岡田准一みたいだったなんてえことは、絶対にない。

今まで気になったことはなかったんだが、准ちゃんにひきずられて見つめているうちに、なんだかとっても素敵に思えてきた。いったん気に入ると、顔が岡田准一のようじやないのも、体型が長瀬智也のようじゃないのも、年齢があたしらのようなのも、ぜんぜん気にならなくなり、気にならないどころか、どこかで見た感じがする、俗にデジャヴュてえますが、はて、どこで見たっけなあと考えてみましたら、夫だよ。やっぱり見慣れたものについ惹かれるてえ人間の本性は、どういたしようもないようで。そして岡田准一の肉体も、いつかきっと、ああなる、と。

ああ、諸行はつくづく無常でございます。

無常ついでに西田敏行、『葵徳川三代』も『八代将軍吉宗』も見ましたよ。『有頂天ホテル』では、はだかのおしりがちらっと見えた。うう。うれしかった。なんというか、あれこそ現実、生活、年月、かったるい、めんどくさいものの延長にある性生活の片割れ、と思えば、やはりああいうものに欲情してこそのわれわれではないか。

えろきもの。と清少納言が昔々、え？　いってませんって？

西田敏行。年経《ふ》りて、何事にも動じず、ぶよぶよに肥え果てたるも、いとえろし。

あたしもこれまで、いろんな男に夢中になってきましたけど、岡田准一（あるいは西田敏行）なんてえものは、傷つかず、一線も越えず、自分自身のまま、何臆《おく》することもなく、好きだ好きだとみんなに吹聴できて、友だちとの会話が盛り上がり、ええ、気楽なしろものです。いっとき世間を席捲していたヨン様てえのも、つまりはこれだ。

そういえばあのとき、女友だちと電話でしゃべっていたら、「あっ『冬のソナタ』がはじまる、化粧しなくちゃ」といって切られたことがあった。

そういう自分をつくろおうてえ気持ちがいけない。あたしなんざ、なんにもつくろいませんねえ。岡田准一にとっては母だし西田敏行にとっては古女房なので、あたしはあたし、化粧なんてしなくてもDVDを見られます。

「あたしはあたし」、これがキイワードのつづきであります。

ついでにいいますと、「人は人」。

これはだいぶ昔にもらった相談……。

「この頃の若者は見ているだけでイライラします。赤ちゃんを膝にのっけて運転してる親には『親の資格あるの？』と言いたい。奇矯なメイクの女子高生や繁華街でタムロする青年たちに『学生のくせに』『仕事しようよ』と言いたい。でも言ったら身が危ない。どうしたらいいんでしょう」（五十四歳）

おばさんてえのは、よく他人に文句をつけると世間では思われてェる。

たしかにあたくしどもは、いやなことにはいやといい、間違っていることには間違っているといい、どこでも誰にでも、文句をいえる人々ではある。

でもこれァ私利私欲で文句つけてるんじゃなく、イヤそういうこともたまにはありましょうが、おおよそは、そこにりんりんととおる正義がある。

子どもンときに持ってェた正義心が、思春期で後ろ向きになり、おとなになって生活苦に紛れた。それが更年期てえ時期を迎えて、「あたしはあたし」てえ生き方がやっと熟した。それで今、正義を持つべし正義であるべしと、声高に主張してるだけだ。そういうあたくしどもを、漢《おんな》と呼ばずになんと呼ぶ……。

しかしながら、この人の不満をよゥく見定めてみるてえと、大きく、二つにわけられる。しとつは「行為が不心得の人に対して」の不満、もしとつは「生き方が不心得の人に対して」の不満。

行為の不心得は、これァいけません。公序良俗に反し、他者に害を及ぼす。この場合は赤ちゃんの命があぶない。こういうときは、我が身の危険も顧みず、がつんといいます。いえるのは、正義心に溢れ、人生経験に富み、恥も外聞もなくなっておる、漢《おばさん》のみ。

しかし生き方が不心得の場合は、どんなに不愉快でも、いう必要はない。いったらいけない。いうべきじゃない。いったら漢じゃなく、ただのおばさんになっちまいます。あたしはあたし。人は人。どんな化粧しようが、どんなカッコでタムロしようが、人には人の、理由がある。

「危険運転の親には注意すべきです。ただし、『危険だからやめましょう』と言うのは大いにOKですが、『親の資格あるの？』とか『学生のくせに』などと、相手の立場を決めつけ、こっちの価値観をおしつける言い方は、百害あっても効果はなし。

奇矯なメイクの女子高生やタムロする若者たちには、注意しちゃいけません。かれらの生き方があなたの生き方と違うだけなのです。あなたは違う生き方が気に入らないだけなのです」とあたしは書いた。

「あたしはあたし、人は人」

今まで十年、身の上相談に答えてきて、なんべんこれをくり返したことか。友だちがいない中学生にいい、髪の毛を抜いちゃう高校生にもいった。食べて吐いてをやめらンない高校生にもいったし、公園でよその親子にうまくとけ込めない親子連れにもいいきかした。結婚しようとしてェる女にもいったし、不倫してェる女にもいった。

もちろん、更年期の女にもさんざんいった。更年期の女てえのは、絶望と経験で、人生やけっぱちになってるから、とくにそのへんがあいまいになりがちだ。

でもむずかしい。これを使いこなすのァ「がさつ、ずぼら、ぐうたら」よりむずかしい。「あたしはあたし」と思い、「あたしがいちばん大切」とはっきり思えるようにならなきゃ、「人は人」へ、たどりつけない。

弥生《やよい》——さいごはかいご

ええ。おなじみさま、毎度のお運びで、ありがとうございます。

梅は咲いたか、桜はまだかいなてえ頃合いでございます。あたくしどもも負けちゃいられません。あたくしくらいの年の女は、え、化粧すりゃ妖怪、しなけりゃばばあという、じつに、微妙なとこにおりますね。ばばあよりは妖怪のほうがいいかと思って、して出ますけど、まわりはみんな人間ですからねェ、どきどきします、見つかりゃしないかと思って。この頃ァ、人生百年と申します、その半分にやっと来たばかり、まだまだ、一花も二花も、いいえ、三花も四花も、いえ、五花も六花《ろっぱな》も、水っ洟《ぱな》も青っ洟も、咲かせずにおかりょうか、おぼえてやがれこんちきしょッかなんか思ってェまして。更年期に最終回がかさなりますてえと、も、便所《やけ》の火事《くそ》。ええ、しばらくの間のご辛抱をねがいまして、お暇《いとま》をいただきます。

更年期はやはり辛い。

と、それでもおおかたのかたがおっしゃいます。頭が痛いの頭が重いの。疲れやすいの、夜眠れないの。いらいらするの、うつになるの。

こないだもどっかの雑誌で更年期特集、「伊藤さんインタビューさせてください」ッていわれまして。「ええいいですよ、今、更年期のことガンガン書いてますから」ッて答えたところ、「いつ頃から更年期障害に苦しんでいて、どうやってそれを克服しましたか」てなことを聞かれまして、「いや、ぜんぜん苦しくないですよ、更年期、楽しくってしょうがない」ッて答えましたら、向こうはがっかりして、インタビュー、キャンセルされちまいまして。なんですか、辛くないと、更年期とはいわないようですな。あたしだってほんとは人間です。人《しと》なみに、ほてりがあるから薄着の重ね着になり、下の方も、冷えるから、昔よりパンツが大判になり、おへその上まですっぽり隠れるようになり、毛糸のパンツも毛の靴下も手放せなくなってきましたが、あとはいたって快適に、よく寝て、よく食べ、よく笑い、更年期のいいとこ取りして暮らしてェます。

いいとこ取りてえのは、いわゆる「おばさん化」、自分に肯定的になる。自分の欲望に忠実になる。行動的になる。ものごとに柔軟になる。ポジティブ・シンキングと自己主張が、恥も外聞もなく、できるようになる。人生の奥義《おうぎ》「あたしはあたし」も、できるなんてもんじゃない、達人の域に達し、さらなる奥義「人は人」もかなり極めて、もうすっかり落ち着いた、あとは閉経を待つばかり。てな境地にさしかかったとたん、ふりかかってきた苦労がございます。

かいごです。

天ぷらにするのは、あなごです。毛虫の親分は、かいこです。人ごみで泣いてるのは、まいごで、歯ァ食いしばるのは、かくごです。それで、女が苦労するてえと、かいごになる。さいごにも似てるのは、これはただの偶然ではないようだなと、ときどき考えます。ええ、つまらないことを考えてますけども。

世の中には、いろんな苦がございますが、その中でも、老病死。これにまさる苦はございません。お釈迦さまも認定なさいました苦でございます。

シワもシミも白髪も、更年期も、男の禿げも、セックスレスも、つまりは「老いる」、そして「死ぬる」につながってるから、こんなにみんなが怖れるンだ、てえのが、この頃ようやくわかってきまして。それも、自分の親の老いるのを目の当たりにしてからです。

親が、八十だ九十だてえ年になりました。まあ、よく生きたもんだ。同年輩の生き物といったら、ゾウじゃなければ、カメか木か。

生き方もゆるゆるしてェて、カメか木のようですな。こういう人たちを見慣れちゃったもんですから、余所《わき》ィ行ってまだまだ若い元気な人たちの姿を見ましても、背後に、その人たちの十年後、二十年後が透視できてしまいます。まるで、自分が死に神にでもなった気分ですねェ。

生若《なまわか》い、いい匂いのする女も、あと三十年すりゃあたしみたいになり、それから三十年すりゃ要介護になり、さらに十年で、介護用ベッドに枯れた木みたいに寝てるんだろうなあと思えば、人生、むなしくってやってられません。ええ、まだ煩悩があれこれとあるから、ふみとどまっておりますが。

そこに、相談がやってきました。

「ひとりっ子です。夫もひとりっ子です。両親はともにまだ六十代で元気にしていますけれど、将来の介護のことを考えると、夜も寝られなくなるほど不安です」(三十代後半)

夜は、寝たほうがよございますねえ。

年取ってきたからといっていきなり生活は変えられないし、本人たちに変える気もない。いざ、てえことになると、たちまちなんとか、どうにか、しなくちゃいけない。考えてるしまはございません。

つまり予定はいつも未定で、後手に後手にまわるのが、この問題。そこが、生まれる予定も小学校へ入る予定もきちんとついてる子どもとは違うとこです。ころばぬ先の杖てえますが、現実的には、まずころんで、懲りてから、杖は、「ああ、やっぱりいるなあ」てんで使いはじめることが多い。

いざ、そのときになるてえと、調べるのにも身が入る、具体的になる、想像もつく、実感できる、やり抜ける。そういうもんです。そこをしっかり知っておいていただきたい。

それから介護というものは、お金さえ出せば、人の手を借りられる。一人でがんばらなくてもいい。誰かがかならず助けてくれる。それもしっかりと知っておいていただきたい。

「そのときが来るまで、寝られるときは寝ときましょう。そのうち、いやがおうでも、親のことで、走りまわらなくちゃならないときはくるものです。そのときに、何もかも一人で背負い込まず、考えつめず、人に頼り、金で解決し、なるったけずぼらに、人生を処していく基本ができていれば、万事ＯＫです」とあたしは書いた。

さて、少しずつ親が老いてくる。

「六十五歳になる実家の母が、趣味もなく、友だちもなく、家にいてばかりで、心配です。話をしていてことばが出てこないことも多々。自分でも情けないと思っているようです。娘として、何ができるでしょう」(四十三歳)

数年経つと、さらに老いる。

「母がこの頃同じことばかり言うようになりました。冷蔵庫には同じものがたくさん入っているし、鍋を焦がすことも多くなりました。足腰も弱くなり、買い物に行くのが辛いといいます。父は母より何もできません。これからどうなるんでしょうか」(五十歳)

「まず、母を大いにかまってやる。かまえばかまうほど、しゃっきりしてくるのは、子どもと同じです。しかしそれも限度がありますし、こっちにはこっちの生活もある。

現実的には、ガス台を電磁調理器に替え、買い物は宅配サービスつきのを利用し、いずれヘルパーさんという名前の他人が入れるように、親を説得し、地域の介護事務所に連絡をとって下調べしておくことです。おかねはかかりますけど、子どもが小さいときには、高い保育費を払ってたじゃないですか。それを思えば、なんとかなると確信がもてる」とあたしは書いた。

うちなんて子どもが三人いたから、いつもいつも保育費を払っていて、稼ぐぶん、出て行ってましたねえ。手もとにはいくらも残らなかった。青息吐息で、ぢっと手を見て三歩あゆまずの連続でしたけど、なんとか生きてこれたてえことを、忘れてェる。

思い出してごらんなさい。なんのための保育費だったか？

自分が自分であるためです。

だから必死《しっし》に仕事にしがみついた。子育てもしたかった。しがみついた。でも大変だった。だから、保育園の保育士さんという他人に間に入ってもらって、なんとかしのいだ。お金はかかったけど、家の中で子どもと向かい合って煮つまっちゃうよりは、気楽に子育て期をやり過ごせたてえ。あれですよ。

親も同じこと。やがて、ヘルパーさんが必要になり、デイケアが必要になる。他人が家の中に入ってくることになるんですよ。家庭てえものは、異物は排除したがるからね、他人てえのは異物だからね、みんな最初はいやがるン、でも、少しずつ、受け入れていく、受け入れていかざるをえないんだ……。おかねはかかります。いつまでかかるかわからない。そだつ、笑うという要素がないから、気持ちは暗くなる。

「でもきっとなんとかなる。少なくとも、あの頃の『月曜日の朝、雨の日に、自転車の前後ろ振り分け三人乗りして、金曜日に持って帰った昼寝用おふとんもいっしょに運ぶ』なんていう荒技は、今回しなくていいんですからね」とあたしは書いた。

介護。じつは、あたくしもやっております。

やっておりますけど、まあ父は要介護一、介護保険で毎日ヘルパーさんが来てくれるし、母は入院しっぱなしです。いろんな人に助けられて、日々《しび》を生き延びている。ありがたい。助けてくれるのは、家族や親戚だけじゃない。世間全体が手をさしのべてくれてるような、そんな実感がありますねえ。

それだけありがたい思いをして、何が苦労かといいますと、あたしの場合、親から離れて遠くに家庭を持ってることです。

数年前は、手術だ、入院だという有事に駆けつけてきてましたが、このごろはもう、親もよぼよぼになって覚束《おぼつか》なくなったもんですから、なんにもなくても、定期的に、帰ってこなきゃならない。それが辛い。

前々から家に居着かない、のらねこのような、妻であり、母でありましたが、それがますますひどくなり、年の半分は家にいない。入費《にゅうひ》はかかる。夫婦仲はぎくしゃくする。家庭としての機能が半減する。そこを、家族に因果をふくめて出てくるわけでありますが、出てきながら、何かおかしいンじゃないかと思わないでもありません。あたしには、不思議でなりません。老い果てた親が、いったい何を思っているのか。

親てえものは、すべからく娘やマゴの息災を望んでいるもの、とあたしは思ってました。あたくしも、たぶんみなさまも、子どものいらっしゃるかたは、子どものしあわせのためなら、孟母三遷《もうぼさんせん》、獅子奮迅《ししふんじん》、なんでもいたす覚悟であるでしょう。うちの親も、以前はたしかに、そういう親のしとりであった。ところが、今は、なんにも考えてない。娘が疲労困憊していることにも、遠くのマゴが母を欠いて暮らしているということも、なんだかもう、老いの前には、どうでもよくなってしまった。

それが、かいごです。あなごじゃありません。


「親戚、医師、看護師、介護ヘルパー、ご近所……と、四方八方から監視されているような気がするのがとてもきついです。ちゃんと親を看取るか、人間としてどうか」（五十歳）

ええ。人生には天敵てえものがございます。え、天敵。ネズミにとってのタカとかな。ウサギにとってのキツネとかな。ヨメにとってのシュウトメもそうですな。でェ人生にとっては天敵は何か、てえますと、これが「人の思惑」。

天敵ですから、気にしないわけにはいかない。そこを「あたしはあたし」という呪文でもって、なんとか切り抜けてきたわけです。

「あたしはあたし」

これを唱えてるてえと、生き方にブレがない。苦労はするけれども、自分にまっ正直に生きられて、つまりは悔いが残らない、そう見極めました。

「あたしはあたし」、それができたら「人は人」。

十年間身の上相談に答えてきて、なんべんこれをくり返したことか。でもむずかしい。これを使いこなすのァ「がさつ、ずぼら、ぐうたら」よりむずかしい。「あたしはあたし」と思い、「あたしがいちばん大切」とはっきり思えるようにならなきゃ、「人は人」へ、たどりつけない、とこれは、前回申し上げたことですけども。

ところがここにきて、呪文が効かなくなっちゃった。

それが介護。人の思惑なんか気にしない、「あたしはあたし」、と今までいいつづけてきましたから、今回もいいたいんですけども、そうはいかのきんたま。親といえども自分ではなく、自分でないといえども、やっぱり気にかかる。

考えてみりゃ今までも、「あたしはあたし」でやってけないことが、たびたび、ありました。たとえば、子どもが思春期のとき。子どもが大きくなりかけて、なりきれずに、「あたしはあたしなのか？　ほんとに？」と混乱しちゃって。それを目の当たりに見ちゃった親としては、しょうがないッ、「あたしはあたし」より「あたしよりあんた」てえ感じで、しばらく伴走してってやる。するてえと、子どもはだいたい元に戻りますな。

小さい頃は「あたしはあたし」「ぼくはぼく」でやりたいほうだいやってたわけですが、思春期で混乱し、思春期を過ぎると、あの頃に戻る。

介護てえのは、思春期と同じ家族の危機ではないか。

あたしは家族の危機に、漢《おんな》がするべきなのは、「あたしはあたし」をしっこめて、「あたしだけどォ、うう、親も親だ」とゆずることなんではないか。

更年期にさしかかり、ラストスパート、後顧の憂いなく、「あたしはあたし」を振りかざし、夫も子どもも振り切って、思うぞんぶんつっ走ろうとしたときに、出会《でくわ》しちまうから、介護てな、こんなに厄介なのではないか。

「一生つづくわけではなし、この際、腹をくって、人の思惑に身をもまれてみたら？」とあたしは書いた。

「その際、避けなくちゃいけないのが、完璧主義の八方美人。つねに心がけるべきなのは、『がさつ、ずぼら、ぐうたら』。主治医の意見にも、世間の思惑にも、逆らわず、目くじら立てず、神経質にならず、できることを、できるだけ、すればいいんです。できないことは、しなければいいんです」

ただし、次のような相談には「腹をくって人の思惑に身をもまれて」なんてえ悠長な回答はいたしません。

「夫の母が倒れて二年になります。仕事をやめたらどうかと、暗に、夫や親戚に言われました。ショックでした。夫の仕事が大切なのと同じように、わたしも仕事に誇りと責任を持ってやっています。それなのにどうして夫ではなく、わたしなのか。今まで何の

疑いもなく仕事をしてきたのに、ここにきて、大きな壁にぶちあたって悩んでいます」（四十九歳）

あたしは仕事はやめません。

あなたも仕事はやめちゃいけません。

あたしたちは、やりたい仕事をやめてまで、親の介護をしちゃいけません。やめたかったんだ、ちょうどいいや、へへ、やめちまえ、てな場合はまた別です。

この人の場合、だれも仕事をやめるべきではなく、するべきなのはお金を払って、介護のためのプロの手を借りることですが、妻に仕事をやめよという夫は、根本の生き方を間違いかけていますから、夫本人が老いる前に、まずその性根を叩きなおしてやらねばなりません。

ね、思いかえしてごらんなさい。あなたはなんで仕事をしたいか。

「やめちゃいけません。人の手を借ります。おかねは、かかります。それを払います。すべてが終わったあと、あなたが自分自身でいられるためです」とあたしは書いた。

「何がいやといって、姑のおむつをかえるのがいやです。それから食べさせたあと、入れ歯を出させてすすぐのですが、吐き気を抑えるのに一苦労……。わたしは冷たいので

しょうか」（五十代）

うんこは臭いものですよ。

子どものおむつ替えるのと、同じじゃないかと思うでしょ。ところが違う。子どものおむつは、まず小さい。それから食べ物が違うから、臭くない。赤ん坊のうんちは、ヨーグルトみたいなにおいはします。原料が乳で、おなかン中で発酵しますから当然ですが。それから不思議ですけど、御飯を炊くにおいもします。あっうんちしたなと思っておむつを見てもなんにもしてない、そうだ、御飯を炊いてたんだてえことが、何度もありました。これァ原料の原料が御飯だから……。母親がパン食なら、赤ん坊のうんちは焼きたてパンのにおいになるかもしれませんねえ。

ところがおとなのうんちはそうはいかない。そもそもうんちと呼ぶのが申し訳ないくらい臭い。ここはぜひ、うんこと呼びたい。もっとずっと量があって、人間のおとなは雑食ですから、しっかり臭い。それを始末する。しょうがない、持ちまわりだと思ってエても、やはり、できうることならば、さわりたくないし、嗅ぎたくもない。そして、さわりたくない、嗅ぎたくないと思う気持ちを、相手には悟らせたくはない。相手もまた、通常の意識下であれば、さわらせたくない、嗅がせたくないと思ってるに違いない。たいていの場合、もう通常の意識じゃなくなってるから、やらせてるだけなんで。

「うんこは臭いものですよ。汚いな臭いなと思うのは当然のこと。それでも、やらなきゃいけないときはあるし、あなたはやってるんだから、それでいいんです」とあたしは書いた。

「父は、ぼけてはいないのですが、興味がとても狭くなり、頭の働きも、感情も、すごく鈍くなったようで、まともに会話ができません。わたしの知っている父ではないのです」（四十九歳）

ああ、今回は身に沁みる。みんな、よそから来た相談ではありますが、ねえ、どこまでが他人の相談かてえと、これがわかりません。他人の相談のようではあるが、自分の相談のようでもある。身の上相談てのは、そこが不思議。読んで、答えてるうちに、どれもこれもが、あたしの身の上から出てきた相談のように身につまされる。人の相談に答えてると、自分の身も楽になってくるようである。

父。母。

目を閉じれば、子どもンときの、父が、母が、浮かんでまいります。母親に手をひかれて歩いた道も。父親のあぐらの中にすわっていたときの匂いも。目をあければ、寝たきりの老女がそこにひからびてェる。ぼけかけた独居老人がよろよろと立ち上がる。

これは親殺し、とあたしは気がつきました。むかし、いったんやりとげた親殺し。それを、今、もう一度くりかえしているような気がしてならない。

今どきは、みなさん長生きです。むしろ死ねずに、ずるずるとずるずると生きてなきゃならない。人間とか動物とかいうより、植物のようですな。長生きするから、親殺しも、一回こっきりじゃァおッつかない。一度は殺しおおせても、そのうち効果がなくなって、またぞろしなけりゃならなくなる。

最初のときは、この手を血まみれにして、ぶち殺した覚えがありますよ。

いいえ、物騒なことを申し上げてあいすみません、これはメタファてやつなんです。どうかお間違いのないように。ほんとに殺したわけじゃないから、テキはこれこのように、ここに生涯をほとんど全うして、老い果てております。

そして今は、こっちもすっかり育ちあがったおとなでございます。できうることならば、波風をなるべく立てず、おためごかしに、いい娘のふりをして、隙あらば息の根を止めようてえ魂胆だ。

親てえものは、ええ、やになるくらい、変わりませんな。

頑固で意固地で頑なだ。譲歩しない。耳を貸さない。反対すりゃ怒る。つまり、まったく手のつけようがない。英語でいったらアンタッチャブルだ。てえことをあたくしは、介護を通じて、体得したのでありました。

　年をとると、もっと頑固でもっと意固地でさらに頑なになっていく。え、家族の中でも、子どもてえものは、こっちの思いどおりになるんです。いや、ほんとうはならないんだが、なる、ような気がする。気がする上に、あっちはこっちの影響をさんざん受けて育ちゃがるから、やはりそこは、なんとなく、似かよってまいります。

　夫てえものは、これはまッ赤な他人です。ま、最初《はな》っから、他人じゃなきゃしょうがないンで。文化も、ことばも、違うとこからやってきて出会う。これだけ違ってるのに、どういうわけか、一緒に暮らせる。考えてみりゃ不思議ですが。それは何も赤い糸のせいだけじゃなくて、日々の我慢と忍耐があるからなんですねえ。

　ところが親はいけません。

　なにしろ、こっちはあっちから出てきた。本家本元は自分であるてえ、自負があっちにはある。こっちにとって、それはまさしく弱みである。そこでこっちは、一事が万事、向こうのやり方を受け入れてきた、それを俗に「そだてられる」と、こう申します。

　いうことはすなおに聞き、聞きたくないことにもまあなんとか聞こうとし、でもなかなか相手のいうとおり聞いちゃいられない、で、聞かないてえと、「反抗」かなんかいわれてな、さんざん文句をいわれてな、どんなに理不尽な文句でも「叱る」なんといわれてな、居丈高に、上からものをいわれて……それをできうるかぎりの譲歩をして受け入れてきたてえのに、向こうには、育ててやったんだ、てえ奢りがあるばかり……。

たしかに昔は、おとうさんであり、おかあさんであった。目を閉じると、あのあぐらの中やひいてもらった手が思いだされる。闇夜のちょうちんのように。しかし目を開ければ、からからの、シワだらけの、老い果てたものである。

おあきらめください。もうあすこには戻りません。


親の老い。

介護するてえのは、それに巻き込まれるということじゃありません。

親は業で、ええ、親てえのは業だらけ、そだてたい、食い殺したい、かわいがりたい、支配したい、も、業てえものは厄介なもので。昔話を見ましても、子を食い殺す親、まあ母てえかたちで出てくることが多うございますが、母のほうが絵になるから、母のかたちをしているにすぎないとあたしは思ってェる。

今ここで介護される親たちも、若かった頃は、子どもを食い殺す母としてがんばっていた。今はもうこの年で、それだけの力がなくなったンだけども、業ですから、やめられないン。それで最後の力を振り絞って、必死にがんばってるンでございます。

それに抵抗する。「あたしはあたしだ。おかあさんはおかあさんだ。自分の道を行け」

と。

それが介護の本質だ。

つきつめていえば、「おかあさんにはしとりで死んでいってもらいたい」という気持ちをどこかで持ってるんだけども、「まあ行けるとこまで一緒についていってってあげるからさ」という心持ち……。それが、親を看取る、てえことだ。

ただ、先ほども申したように、親の業てえのは厄介でして、子どもを支配したい、食い殺したいのと同じくらい、子どもをいとおしみたい、そだてたい、そういう欲望がある。親は、子どもを食い殺したいだけで、子どもが食い殺されることを、望んでェるわけじゃない。それァもう、けっして、ない。

ここで死にかけてるこの人たちァ、あたしの親だから、介護にまきこまれて苦労してるんだけども、あたしの親だからこそ、あたしの無事を願ってェるんだな、てえことを、いちるの望みにして、生きていく。

あたくしは、この年になっても親に甘えます。

「お金かかるだろ」と父がきくから、しゃあしゃあと「かかる、困っている」と答えますと、おこづかいをくれます。親孝行と思って、年金でほそぼそと暮らしているこの年寄りから、もらいます。

母には家族の愚痴をこぼします。「おかあさん、うちの亭主がね、おかあさん、うちの娘がね」って、寝たきりの母の枕元で、一所懸命家族の愚痴をこぼします。母は、動かないからだで、それを聞き、一所懸命心配します。それでいいんじゃないか。そうやって親は親として、娘を心配しながら老いていくし、やがて死んでいくし、あたしは娘として、親を見送るんじゃないか。

「母もわたしも晩婚の高齢出産。おかげで、要介護一の母と要介護二くらいの（？）二歳児の世話を同時に見てます。くじけずに生き抜くコツを教えてくださいな」（四十四歳）

「子どもは育つ。三歳をすぎれば、ぐんと楽になりますよ。子どものことも親のことも、先を考えないことです。考えて三日先くらい。ここさえ過ぎれば楽になるここさえ過ぎれば楽になると唱えながら生きていってください。

一人で抱えこまずに、家族はもちろん、介護ヘルパーさん、保育園や幼稚園の人々、みんなに助けてもらうことです。助けてもらえるように、いつも気持ちをあけっぴろげにしておくことです。

子どもにイライラするのは当然です。で、『イラッときたら、だっこ』と決めておくといいのです。手が出たり口が出たりする前に、『だっこ』すると、あのひとたちのからだは、抱きしめるとふわふわして気持ちがいいもんですから、怒りや焦りがしずまります。あのひとたちも抱きしめられるのが大好きです。どんなにイラついても、とりあえず『だっこ』さえしておれば、それほどマチガイはありますまい」とあたしは書いた。

ええ。あたくしどもが抱えているこの苦労。介護というやつ。

どうにかして、これをあたくしどもの代で、食いとめることはできないか、とあたくしは考えるのでございます。「子が親を看取る」てのは、まるで因果応報のお話のように連綿と、因果応報のわりには、なぜか理不尽にも、女に、娘に、嫁に、むやみに押しつけられてきたものです。世の中も、人の生き方もだいぶ変わりまして。子と親のありようもまた、ずいぶん変わってしまいました。

ま、人間なんざ、ちっぽけなものでございます。何を考えていたとこで、いざとなったら、何を怖がって、何を望むか、そもそも意識があるかないかも、わかりません。出たとこ勝負でやっていくしきゃないんですけど、それでも、今のところは、介護の苦労をなんとかここで食い止めようと、せつない覚悟をいたします。

あたしはあたし。あんたはあんた。

娘や息子とは、いい関係を持ちつづけたい。家族には家族の、気のおけないつきあいがある。それはとても温かい。でもこっちが老い果てたとき、家族だからといって、自分の生活を犠牲にする必要は、絶対にない。
看取りはいらない。
死ぬときゃ一人《しとり》。
それが「あたしはあたし」の神髄です。

あとがき

「あたしはあたし」とは申しましたが、このごろ自分がひ《し》とりで生きている気がしません。いつも人《しと》に助けられて生きている、ありがたい、ありがたい、と思って生きてェます。悩みてえのは、ほんとに他人《しと》ごとじゃない。いっしょになって悩むうちに、あたし自身の身の上もどれだけ助けられてきたか。いったい何十人分の更年期を、生き抜くことができたか。

そもそも、西日本新聞に好評連載中の身の上相談「万事ＯＫ」を遠い下敷きにいたしました。しかしながら大方がフィクション、ありていにいいますと嘘八百。「伊藤しろみ」は「伊藤比呂美」じゃございません。伊藤の夫も、悩む人々も、ご近所の誰彼も、一抹の実《じつ》を核につくった架空の存在、あるいは夢のまた夢。夢から醒めれば、ここに、しとりの、五十過ぎの、疲れたおばさんが、佇んでおります。あたくしです。

西日本新聞の担当記者のみなさん、ありがとうございました。東京巣鴨にある内科精神科漢方全般「下田医院」の下田哲也先生には、さまざまな助言をいただきました。ほかにもお世話になった方々たくさんいらっしゃるんですけれども、身の上相談は、匿名が基本です。ここにまとめまして、御礼申し上げます。

そして、「小説宝石」連載時には光文社の吉田由香さんに、本にするときには同じく渡辺克郎さんに、細やかに助けていただきました。心からの感謝を申し上げます。

では、おあとがよろしいようで。

伊藤比呂美

解説

金原瑞人《かねはらみずひと》
（翻訳家）

まず、タイトルがすごい。

『女の絶望』。身も蓋もないけど、いさぎよい。

そして作者が、怖い物なしの伊藤比呂美。

伊藤比呂美作『女の絶望』とくれば、その場、その瞬間に買わざるをえない。

四度、読んだ。読んで読んで、読み倒すまで読んだ。しかし、それでもまだ読み足りない。隅々まで身も蓋もない話が続く。それが思いきりおもしろい。

伊藤比呂美の『とげ抜き　新巣鴨地蔵縁起』は三度、読んだ。こちらは、「女がひとりおとなになっていこうとしたら、生臭いこともわるいことも思いっきりしないではいられなかったんです。そのけっか万の仏に疎まれたようなこの苦労、男で苦労し子どもで苦労し、またまた男で苦労して、一息ついたと思ったらこんどは親で苦労しております」という作者が、言葉という言葉をつくし、日本語という日本語を駆使し、リズミカルに、赤裸々に、叙情的に、リアリスティックに、幻想的に、古今東西の文学作品の断片を借りながらも現代的につづった「日常雑記・現代詩バージョン」。七十年代の終わり、日本の詩壇に登場して以来ずっと、危なくて、危うくて、とにかく目が離せない言葉の魔術師の呪術的独白だ。

この物騒な作品の次の年に出たのが、さらに物騒な『女の絶望』だった。

主人公は「伊藤しろみ」。五十代前半の、「詩人兼身の上相談回答者」が、次々にやってくる身の上相談に返事を書きながら、その相談の内容や、自分の返事をネタに読者に語りかけるというフィクション。つまり、「伊藤比呂美」じゃなくて「伊藤しろみ」が主人公の小説……なんだけど、なんとなく作者=主人公みたいなところもあって、そこがまた楽しい。もちろん、しろみさんにきたという相談も本物なのかフィクションなのかは不明のまま。

この本の読みどころは、座右の銘は「あとは野となれ山となれ」という「しろみ」さんの迫力と説得力たっぷりの言葉言葉言葉だ。

女を語り、男を語り、子どもを語り、セックスを語り、生理を語り、結婚と離婚と浮気を語る、語りつくす、語り倒す。まさに希望と絶望がぎゅうぎゅうに詰まった本。

たとえば二十歳の女の子からこんな相談が来る。

「出会い系でいろんな男とエッチしてるうちにとうとう本気で好きな人ができた、告白したいが勇気がない、今までのことを知られると思うと怖くてたまらない」

しろみさんの返事は、「若い人っていうのは自爆みたいなセックスをします（中略）性欲というより、『アタシはココに生きている』というのを確かめるために、あなたは次々にセックスしてきたんですね、一所懸命傷つきながら、そういう時期を生き抜いてきたんだ、今はもうやってないんだから、それでいいんだ」

そしてそのあとで、つぶやく。

あたしにも身に覚えがあった。セックスしてんだかげろ吐いてるんだかわかんないセックス、手首切ったりヤケ酒あおったりするかわりに、ま、ペニスを中に入れとこうかっていうセックス。快感なんかあるようでなくって、ないかと思うとあるんですね。だからまたやめられなくなっちゃう。

切ないねえ、こういう「ココでこんなコトしてるのはアタシに相違ありません」ってハンコ捺《お》すかわりにおまんこ開いてる若い女の子。

この本、単行本の帯には「生まれてこのかた女です。苦労しどおしの人生ですがおばさんになったら楽になりました。」とあって、いかにもおばさんむけの本って印象なんだけど、それは違う。ぜひ若い人たちに読んでほしい。女の子だけでなく、男の子にも読んでほしい。ぜひ中高の図書室のいちばん目立つところに置いてほしい。そしてこの引用のところを大きくプリントアウトしてどこかに貼っておく。全教室に貼ってもいい。校長が朝礼で読みあげてもいい……って、ちょっと気持悪いか。

学生は絶対読む。読んで、ほっとする。ほっとして、手首を切らなくなるかどうかはわからないけど、心のどこかが、ほんの少しかもしれないけど、楽になる。といって、これは決して「癒し系」の本ではない。正真正銘の「格闘系」の本。八百長なしの真剣勝負だ。

伊藤比呂美、このところ最注目のYA作家だと思う。

それにしても、伊藤比呂美って、全身の筋肉が言葉でできているんじゃないか、そんな気がするくらいに言葉が次々に飛んでくる。この解説の二行目に「身も蓋もない」と書いたが、この人にとっては、「ミもフタもない言葉」なんてのはなく、「美しい言葉」なんてのもなく、言葉はすべて愛おしい自分の体なんだろう。

言葉を愛おしく、荒々しく、自分の体のように使って、身も蓋もなさそうに見える作品を書く女性がもうひとりいた。佐野洋子だ。彼女の『クク氏の結婚、キキ夫人の幸福』、これを『女の絶望』にぶつけると、意識が飛びそうなくらいの火花が飛ぶ。

たとえば「キキ夫人の幸福」は、二度目の結婚をしたキキ夫人の嫉妬の物語。キキ夫人が、夫の愛人が差し出したものを見ると、「それは赤い半透明のコンドームで中でたぷたぷした精液がゆれていた。あーあんないっぱい。あんないっぱい」。それから、枕の羽根の舞う中の「つるつるの汗にまみれた二人」のセックスシーンも強烈。「あなたっていつも優しい」と言いながら、羽根だらけのキキ氏の胸に顔をうずめて、「ガブッとキキ氏の胸に」かみつくキキ夫人が悲しく、愛しい。

佐野洋子自身、あとがきで「すけべで嫌らしい」と書いてるけど、まったくもって、身も蓋もないほど、すけべで、滑稽で、悲しくて、切ない男と女の物語。露骨でざっくりした言葉で細やかに描かれた、大人のための愛の物語。佐野洋子の最高傑作。彼女ならではの、むきだしに見えて、じつは奥深い……ように見えるけど、案外と素直な作品だ。これを読んでから『100万回生きたねこ』を読み直すと、また新しい発見があると思う。

さて、『クク氏の結婚、キキ夫人の幸福』を読んで、『とげ抜き　新巣鴨地蔵縁起』を読んで、ふたたび『女の絶望』を読み返すと、巨大なトライアングルができあがる。どんな絶望を放りこんでもすべて受け入れてくれる、底知れない貪欲な大三角形だ。

しろみさんは、さっきの二十歳の女の子に返事を書いたあとで、こんなふうにいう。

五十になれば、そんなハンコ捺さなくたってセックスできるんです、そのときにゃもう白髪は生えてるしシワは寄ってるし、ちょっとやそっとじゃ男が寄りつかないようになっちゃってるんだけどもね、楽なんだ、これがまた。まだ間がありますよ、それまでいっぱい泣くんだろうなと思うとね。かわいそうだけどね、がんばんなさいよ、いつか五十になれるから、と陰でそっといってやりたかった。

そこで五十をすぎるとどうなるか、というふうなことがこの本の後半に書かれている。たとえば、勃起障害。それに対する、しろみさんの指摘が痛い。

彼女や妻に冷たいことといわれてそれでますます勃起障害になっちゃったてえはなしをよく聞きますが、あれは、あたしゃ男のひがみだと思ってます。女も気を使ってると思うンです。相手が気の毒だなと思う。声もかけづらい。でも何にもいわないと気まずいから、なんかいいたい。なぐさめたい。それで、「気にすることないわよゥ」とか「そんなにまでしなくていいから」とかいってみたところォ、エエ、男心にかちんときて、それが命取りになる。

こんなに的確に、身も蓋もなく指摘されたんじゃ、それこそ男は痛い……けど、そのあとでユーモラスにこう続けるところが、しろみさんらしい。

「これにあてはまるのは、太った？　といわれたときの女の心理じゃないか。」

そして次の言葉が「しかしなんにでも救いはある」。

なにかというと、治療薬。「あれがよーく効きます」といっておいて、その次がまたユーモラスだけど、痛い。

「はっきりいいますと、効きすぎて、うっとうしい。ずっと立ってる。いつまでも立ってる。夜のむと朝になってもまだ立ってェる。電信柱じゃないんだから。」

このように希望と絶望をめまぐるしく行き来するうちに、相手を「かわいいもんだなァ」と思える日がくる……らしい。

というわけで、この本は、若人たちにはもちろん読んでほしいけど、やっぱり、四十代、五十代の、いやそのもっと上の女性にも読んでほしい。いや、男性にも。きっと。

「女ってかわいいもんだなァ」と思えるようになる日がくる……いや、きてほしいなァと心から願う今日この頃だった。

二〇〇八年九月　光文社刊

光文社文庫

女《おんな》の絶《ぜつ》望《ぼう》

著 者　伊《い》藤《とう》比《ひ》呂《ろ》美《み》

2011年3月20日　初版1刷発行
2014年5月25日　2刷発行

発行者　駒　井　稔
印　刷　萩　原　印　刷
製　本　フォーネット社

発行所　株式会社 光　文　社
〒112-8011　東京都文京区音羽1-16-6
電話（03）5395-8149　編　集　部
8116　書籍販売部
8125　業　務　部

ISBN978-4-334-74929-3　Printed in Japan

組版　萩原印刷

お願い　光文社文庫をお読みになって、いかがでございましたか。「読後の感想」を編集部あてに、ぜひお送りください。

　このほか光文社文庫では、どんな本をお読みになりましたか。これから、どういう本をご希望ですか。

　どの本も、誤植がないようつとめていますが、もしお気づきの点がございましたら、お教えください。ご職業、ご年齢などもお書きそえいただければ幸いです。当社の規定により本来の目的以外に使用せず、大切に扱わせていただきます。

光文社文庫編集部